생업

生業

은유 인터뷰집

생업

그 정하고도
평한 노동의
표정들

삶은 더 이상 삶이 발생하지 않을 때까지 발생한다.

그 안에 선택이란 없다.

새로운 날에 거절 의사를 밝히는 것은 생각할 수 없는 일이다.

그래서 매일 아침 네, 라고 말한 뒤

그 결과 속으로 발을 디뎠다.

― 카베 악바르, 《순교자!》(은행나무, 2025)

우리를 키워낸 타인의 노동을 들여다보다

프랑스 오르세 미술관에 도착한 건 오후 4시 50분이었다. 폐장까지 한 시간이 남았으니 고흐의 〈자화상〉이라도 볼 심산으로 매표소에 줄을 섰다. 그런데 잠시 후 검표원이 사람들을 그냥 들여보낸다. 웬 횡재인가. 신나서 1층에 전시된 모네의 그림을 감상하고 4층을 둘러보는데 안내 방송이 나왔다. 곧 문을 닫는다는 말 같았다. 시계를 보니 5시 40분. 공짜에는 이유가 있었다. 하긴 6시에 마감하려면 지금부터 사람들을 순차적으로 빼내야 할 것이다. 제복을 입은 직원이 나와 눈이 마주치자 "마담, 아웃" 하며 손으로 계단 쪽을 가리켰다.

한국에서 온 '마담'은 나가는 길에 로댕의 〈지옥의 문〉에 눈도장이라도 찍으려고 출구 방향으로 흐르는 인파 틈에서 두리번거렸다. 그때 옆으로 누가 스윽 지나갔다. 어쩐지 다른 기운이 느껴져 뒤돌아보니 마녀의 것처럼 기다란 은색 대걸레와 빗자루를 오른손에 쥔 사람이 힘찬 보폭으로 걸어간다. 아, 오르세 미술관 청소 노동자구나!

찰칵. 저만치 가는 뒷모습을 저장했다. 남색 유니폼에 밤색 니트 모자와 빨간 목도리를 하고 양손은 초록색 고무장갑을 낀 채 나머지 한 손엔 파란색 걸레를 쥔 파리의 청소 노동자. 지나가는 그를 흰색 대리석 재질의 여성 누드 조각이 서서 내려다보고 있다. 그가 시야에서 사라지고 나서 나도 종종 걸음을 옮겼다. 그러자 갑자기 공간 전체가 낯설게 보였다. 입구에서부터 감탄을 자아내던 웅장한 건축 양식, 애초에 기차역으로 만들어진 둥근 천장과 어디서도 '인생 사진'이 나오는 멋진 구조를 '일터'로 바라보니 감정이 달라진다. 나도 모르게 얕은 한숨이 새어 나왔다. 바다를 걸레질하는 일처럼 막막해 보이는 너른 면적에다 천문학적인 초고가의 사물들이 잔뜩 놓인 미술관은 잔인하고 까다로운 노동의 공간이었다. 크고 화려한 것은 늘 의심스럽다. 100년 전에 지은 건물이 미술관으로 단장하고 생명을 유지하는 동안 아마도 비계에서 낙상하여 하늘나라로 간 노동자가 있을 듯했다.

얼결에 렌즈를 바꿔 끼우듯 나는 여행자의 눈으로 입장해 노동자의 눈으로 퇴장했다. 고흐의 그림보다 청소 노동자의 뒷모습이 더 짙은 잔상으로 남았다. 고흐의 삶은 그림과 책으로 익히 알았지만 오르세 미술관 청소 노동자의 삶은 전혀 모르니 이런저런 상상을 하게 됐다. 생판 남이 왜 궁금한지 몰라도 그렇다고 완전히 남은 아니었다. 덕분에 쾌적한 공간에서 관람했으니 그는 일정 부분 내 행복의 기여자다. 처음으로 그렇게 느꼈다. 그동안 미술관을 다니면서 화장실이나 복도 구석이 아니라 관람객 동선에서 장비를 들고 지나가는 노동자를 본 기억이 없다. 주변화된 존재의 출현은 그만큼 강렬했고 또 반가웠다. 사람이 사람 같지 않으면 말을 하지 않듯이 사람이 사람으로 보이면 말을 걸고 싶어지는 법인가 보다. 나는 머릿속으로 질문지를 써 내려갔다. 세계적인 미술관에서 하는 청소 일에는 어떤 어려움이 있고 어떤 특별함이 있는지, 몸 어디가 아프진 않은지, 하루에 웃을 일은 몇 번이나 있는지, 소위 명작을 매일 보면 어떤 생각이 드는지, 주로 먹는 음식은 무엇인지, 말도 안 되게 억울한 일이 있었는지, 오르세 미술관에 노조가 있는지, 일을 하면서 생긴 가장 큰 변화는 무엇인지 등등. 실제로 인터뷰했다면 나는 몇 번이고 감탄했을 것이다. 세상에는 내가 모르는 게 많다는 사실이 놀라워서. 사람 사는 게 비슷하다는 점이 신비로워서. 무엇보다 깨어 있는 시간의 대부분을 그 일에 바치는 사람에게만 드러내는 삶의 비밀 한 가지쯤은 그가 들려주었을 테니까.

독일의 작가 제발트(Winfried Georg Sebald)도 어떤 이유로든 열외로 취급받는 사람들의 말을 듣는 걸 좋아한다고 말했다. 경험상 사람들이 일단 입을 열면 다른 데서 들을 수 없는 이야기를 해준다고 말이다.

몸 써서 일하는 사람에 대한 내 경배심도 누적된 경험으로 형성됐다. 일전에 친척 어르신 병문안을 갔을 때다. 일행이 마실 커피를 사면서 요양 보호사 선생님 것도 챙겨 갔고, 다용도실로 음료를 갖다 드렸더니 무척 좋아하셨다. 모여서 담소를 나누던 요양 보호사 분들은 장년 여성 특유의 관계 개시 능력을 발휘하여 내게 말을 걸었다. 딸인 줄 알았는지 자주 오라며 요즘 자식들이 잘 안 온다는 등 개탄인지 조언인지 모를 이야기가 오갔다. 그러던 중 한 분이 정수기에서 물을 받으며, 그러니까 벽을 보고 아무와도 눈을 마주치지 않은 채 말했다.

"늙으면 외로워. 젊어서는 모르지. 늙어봤어? 나는 늙어봤어!"

그 말은 나를 덮쳤다. 나를 치고 흔들었다. 왜일까? 아무리 곱씹고 해체해봐도 새로울 건 없는 문장이었다. 그런데 무엇이 있어서가 아니었다. 그 말엔 헛것이 없었다. 외롭게 죽어가는 노인을 보살피는 노동으로 잔뼈가 굵은 늙은 요양 보호사의 말. 말이 곧 삶인 말. 삶이 떠안기는 온갖 고통을 흡수하고 견뎌내고 얻은 한 줌의 말. 외로움도 늙음도 자랑이 될 수 있었다. 자신의 약함을 은폐하는 건 약하지만 약함을 드러내는 건 강한 사람만이 할 수 있으니까. 나는 계몽되었다. 그 일의 세계에는 어떤 이야기가 있을까. 얼마나 징하고 찡할까. 오로라를 보려면 아이슬란드에 가야 하듯이 늙음의 자리에 도달해야 보여주는 삶의 진경을 나는 탐하고 있었다. 요양 보호사로 일하는 분을 어서 만나고 싶어 마음이 다급했다.

요양보호사, 배달 노동자, 급식 노동자, 청년 농부, 독립 연구 활동가, 타투이스트, 심리 상담가, 배우, 가수, 유튜버, 노동 운동가, 노동 변호사, 산재 피해 유가족, 활동가, 국어 교사, 청소 노동자까지, 이 책에는 그토록 만나길 바랐던 일하는 사람들의 이야기가 담겨 있다. 운 좋게 기회가 닿았다. 일하는 사람이 덜 죽고 덜 다치는 세상을 위한 전태일의료센터 건립 캠페인의 일환으로 〈시사IN〉에 은유의 '먹고사는 일'을 연재했다. 1년 6개월 동안 총 열일곱 명을 만났다. 지면의 제약으로 싣지 못한 이야기를 아낌없이 풀었다.

　　이들에겐 공통점이 있다. '그림자 노동'이라는 말이 있듯이 안 보일 때는 아무도 안 보이지만 보이기 시작하면 너무도 잘 보이는 우리 주변의 노동자들이다. 각자의 자리에서 일하는 것으로 묵묵히 세상을 떠받치는 존재다. 평범한 사람들인가? '평범하다'란 '뛰어나거나 색다른 점이 없이 보통이다'라는 뜻이다. 이들은 세상의 척도인 고액 연봉, 전문직 명함, 금메달 같은 물증이 있는 성취로 보면 평범하다. 그런데 가치 척도를 바꾸면 평가가 달라진다. 인간의 존엄, 노동자의 권리, 이타심과 돌봄 측면에서 보면 누구도 평범하지 않다. 뛰어나고 색다르다.

　　면면을 살펴보자. 잘나가는 학원 강사를 그만두고 제 돈을 써가며 거리의 투사들에게 밥을 지어 나른다(김주휘). 난민 친구도 없는 난민 연구자라는 게 부끄러워 화성외국인보호소에 면회를 다니다 난민들과 밥을 나누는 친구가 되었다(심아정). 로펌을 나와 휴대 전화 판매원 같은 불안정 일자리 노동자를 위해 '직장갑질119'를 만들었다(윤지영). 타투이스트에 대한 불법 낙인과 편견을 없애고 자기 일에 대한 긍지를 회복하고자 노조에 가입했다(황도). 청년 과로사한 자식의 땀이 가치를 인정받도록 거대 기업 쿠팡과 싸운다(박미숙). 사소한 불의를 보아 넘기지 않는 정의의 사도는 운수 노동자의 든든한 동지로 평생을 산다(박사훈). 스물일곱에 배 농사를 짓기 시작한 청년 농부는 농촌 현실의 위태로움을 세상에 알리는 스피커가 되었다(김후주).

투잡 스리잡으로 배우자가 진 빚을 22년 만에 다 갚고 만세삼창을 부르는 청소 노동자 김덕경(가명), 아이들을 제 동네를 사랑하는 사람으로 키우기 위해 시장을 돌며 맛집 프레젠테이션 자료를 만드는 국어 교사 박민영, 한평생 일을 쉬어본적이 없고 남의 입에 밥을 넣어주는 일이 기쁨인 유가족 김영희, 늙고 아픈 어르신의 곁이 되어주는 일로 아들 잃은 슬픔을 승화시키는 요양 보호사 강석경, 시간이 곧 돈인 배달 유니버스에 잠식되지 않고 삶의 시간을 되찾기 위해 노력하는 배달 노동자 이기중, 마음의 병을 얻은 노동자들 이야기의 커다란 귀가 되어주는 심리 상담가 유금분.

유명인도 만났다. 배우 이정은은 무명 시절부터 단련된 온갖 직업으로 노동에 대한 존중이 남달랐고 수입의 1퍼센트를 회비로 내는 방송연기자 노조 조합원이다. 유튜버 김가인은 서른이 되면 기부를 하겠다는 꿈을 실천하고 환경을 위해 옷을 사지 않는 지구 시민이다. 반려병과 함께 사는 싱어송라이터 안예은은 대중의 사랑에 보답하기 위해 통 큰 기부를 꾸준히 하는 예술 노동자다.

사실 이런 분들은 언제나 있었다. 나는 세상에 길들여지지 않고 살아가는 18인의 이야기를《크게 그린사람》(한겨레출판, 2022)에서 소개했다. 어떤 삶을 가치 있게 볼 것인가가 공동체의 중요한 질문이 되었으면 해서 이번에도 역시 크게 그렸다. 제목은 '생업(生業)'이다. 살기 위해 일하고 일하며 사는 노동의 표정을 담았다.

밥과 일에 대한 가치 정립. 우리는 이 절대적인 삶의 필수 조건을 제대로 배우지 못한 채 어른이 된다. 투자로 얻은 금융 소득이 근로 소득을 앞서는 사회에서 땀 흘려 일하는 노동은 갈수록 초라해진다. 좋은 직업의 '좋음'은 연봉만 우선시된다. 그러나 돈이 없어도 살기 어렵지만 또 돈만으로 살 수 없는 게 사람이다. 인간은 복잡한 존재지만 밥 한 끼만 잘 챙겨 먹어도 행복을 느끼는 단순한 존재이기도 하지 않나. 사람은 그가 먹는 것으로 이루어진다는 독일의 철학자 포이어바흐(Ludwig Feuerbach)의 말은 새겨볼 만하다. 사람을 더 나아지게 하고 싶다면 선악에 대한 열띤 토론 대신 좋은 음식을 대접하라는 말도 있다. 요즘엔 시간이 없어서, 살을 빼려고, 할 줄 몰라서, 부엌이 없어서 등의 이유로 손수 밥을 챙기지 못하는 사람들이 느는 추세다. 밥의 가치가 퇴색하는 현실에서《생업》의 주인공들은 꿋꿋하게 밥을 짓고 밥심을 믿고 밥정을 살며 밥의 혁명을 수행한다. 음식이 있고 동료가 있고 노조가 있는 삶이 어떻게 일상을 바꿔놓는지, 일이 나를 지켜주지 않을 때 나를 지키기 위해 어떻게 해야 하는지 이들은 자기 삶으로 증명한다. 그동안 나를 키워낸 타인의 노동을 돌아보게 한다는 점에서 노동 감수성을 가르치는 교사다. 또한 돈 버는 일만이 아니라 돈을 잘 쓰는 일에도, 나만 잘사는 게 아니라 같이 사는 사회를 만드는 데도 아이디어가 많은 사람들이다. 멋지게 사는 법을 고민할 때 참조하고 모방하고 싶은 '노동자 생애 모델'이 되어주리라는 믿음이 있다. 인터뷰를 한 나부터 큰 도움을 받았다. 내 글쓰기의 원천이자 스승, 먹고사는 일에서 물러나지 않는 위대한 평민들에게 존경의 마음을 전한다.

2026년 5월 노동절을 앞두고
은유

차례

3부 아우르는 사람

1부
먹이는 사람

인간을 인간이게 하는 면면을
'밥'을 사이에 두고 본다

1700인분

밥 짓는 혁명가

급식 노동자

(김규희)

돈을 벌어야 한다는 말만 매미 울음처럼 요란한 세상에서

"애들을 잘 먹여야 한다"라는 말이

청량한 바람 한 줄기처럼 목에 감긴다.

매일 1700인분의 밥을 짓는 사람이 혁명가다.

밥은 타인에 대한 사랑의 실행이며,

밥은 흩어진 존재들을 모으는 점성 강한 연결의 수단이다.

인간은 밥 주위로 모여든다.

일하는 모든 사람은 명예심을 가지고 있었다. 엄청난 양의 일이 몰려들 때마다 모두가 이를 해내기 위해 장대한 협주곡을 연주하는 노력으로 임했다. 모든 사람이 잘 짜인 각자의 일을 맡아 주도면밀하게 해내기 때문이다.

　조지 오웰(George Orwell)이 쓴 책《동물농장·파리와 런던의 따라지 인생》(문학동네, 2016)에 나오는 구절이다. 장대한 협주곡 같은 협업이 이뤄지는 현장은 어디를 말하는 걸까? 바로 파리의 한 호텔 주방이다. 오웰은 말한다. 대용량의 음식을 제시간에 내놓는 건 복잡하기 이를 데 없고 생각보다 훨씬 머리를 써야만 하는 일이라 "때때로 우리는 인생이 단 오 분밖에 남지 않은 것처럼 움직인다"라고. 일하는 양이 타의 추종을 불허하는 데서 오는 자부심이 있다고 강조한다. 주방에서 일하는 노동자에게 자부와 명예의 칭호를 안겨준 것은 오웰이 '있는 그대로' 관찰하는 작가의 눈을 가졌기 때문이리라.

이는 서울의 초등학교에서 1700인분의 밥을 차리는 급식 노동자의 목소리와 겹쳤다. 다만 한시적 체험에 그친 오웰이 미처 담아내지 못한 게 있다. 무려 20년을 대용량 밥 짓기 노동에 종사할 수 있는 힘, 그로 인한 몸과 삶의 변화에 관한 이야기다. 최장기 열대야가 이어지던 여름의 복판에서 급식 노동자 김규희를 만났다.

그가 일을 시작한 때는 2005년 여름이다. 처음에는 "불순한 마음"으로 재취업의 문을 두드렸다. 결혼 후 전업주부로 지내며 남매를 키우고 시아버지의 삼시 세끼 밥상을 차렸다. 돌아서면 점심, 돌아서면 저녁. 요즘 말로 '돌밥돌밥'의 회오리에 갇혀 지쳐가는 중이었다.

"시아버지가 당신이 워낙에 어렵게 살아서 외식하면 돈을 허투루 쓴다고 생각해요. 집에서 김치에다 그냥 먹으면 된다고 하는데 그건 아니잖아요. 밥 차리기가 너무 힘든 거예요. 그래서 해방 삼아서 잠시나마 집을 떠나 있어야겠다, 애들 학원비랑 반찬값이라도 벌고 싶다고 생각했죠."

지인의 소개로 사립 초등학교 급식실 조리원으로 갔다. 학생 700~800인분 식사를 여자 조리원 다섯 명에 남자 조리장 한 명이 맡고 있었다. 나름 밥하기 구력이 있다고 자부했던 그이지만 이곳의 조리 규모와 방법은 집밥 짓기와는 차원이 달랐다. 불길이 치솟고 양팔 너비만 한 대형 용기에 물과 기름이 끓는 현장은 정신을 쏙 빼놓았다. 설거지가 물밀듯이 밀려왔다. 급식실에서 유일한 초보자인 그가 우왕좌왕하는 바람에 착착 돌아가던 시스템이 삐걱거리기도 했다. 눈치가 보였고 힘에 부쳤다. 그만두려다 이왕 시작한 거 석 달만 더 버텨보자던 즈음 겨울방학이 왔다. 한숨 고르고 나니 "다시 이 일을 해볼 수 있을 것 같았다". 첫 근무지의 계약 기간이 만료되어 공립 학교로 자리를 옮기면서 소속이 바뀌었다. 교육청 소속 교육 공무직으로.

"밥하는 게 쉽다는 인식이 있어요. 근데 저는 요리를 과학이라고 생각해요. 들어가는 양, 조리하는 시간에 따라서 맛이 달라져요. 머리가 좋아야 하고 판단을 잘해야 해요. 국수 삶을 때도 레시피에는 팔팔 끓는 물에 십 분이라고 적혀 있지만 물의 양과 끓는 속도에 따라서 팔 분이 될 수도 있고 십이 분이 될 수도 있죠. 동물적인 감각으로 '빨리 빼!' 이렇게 해야 해요. 이런 일을 하찮게 여기는 분들이 너무 미워요."

애들 뜨끈하게 먹이려고 하는 일

한 정치인은 그 아줌마들은 그냥 동네 아줌마들이라며 급식 노동자를 대놓고 무시했다가 사과하기도 했다. 노골적으로 드러내지 않을 뿐 학교에서도 밥하는 일에 세심한 존중은 없었다. 그가 근무한 어느 학교에선 교사들이 시무식 때 떡국을 끓여달라, 단합 대회 때 먹을 수육을 삶아달라고 요청하

기도 했다. 불 앞에 서서 몇 시간을 또 낑낑대야 했지만 그러
마 했다. "좋은 게 좋은 거라고, 또 우리가 다 엄마들이니까"
군말 없이 음식을 차려냈다. 그런데 알고 보니 그건 급식 노동
자의 정식 업무가 아니었고 시간 외 수당을 받아야 하는 일이
었다. 급식 노동자는 교사가 아니라 학생을 위해 종사하는 사
람이었다. 은근하게 '열불 나는' 상식에 어긋난 일이 계속됐
다. 다른 학교에서는 급여에서 식비 5만 원을 공제하겠다고
통보했다. "아니, 우리가 밥하는 사람인데 밥값까지 내고 밥
을 먹으라고?" 기가 찰 노릇이었다. 당시 월급은 75만 원 정도
로 "내 월급이 100만 원만 돼도 소원이 없겠다"라는 말이 나
오던 시절이다. 때마침 민주노총 서울일반노조에서 노동조합
의 필요성을 알리러 학교 급식실을 방문했다. 같이 일하는 동
료 여덟아홉 명이 일시에 노조 가입 원서를 썼다. 2011년에
'김규희 조합원'이 되었다.

    "우리가 노조 가입했다는 소리를 듣자마자 식비 제한다
는 얘기가 안 나오더라고요. 노조에서 공문을 보내고 직접 찾
아가서 급식 노동자 식비 제하는 거 막은 학교도 많아요. 학교
에서 상급 노조가 오면 큰일 나는 줄 알았나 봐요. 노조가 없
을 때는 더 그림자 취급을 받았는데 그나마 노조가 생기면서
우리 처우가 많이 개선이 됐어요."

    그는 현재 서울시 서대문구의 공립 초등학교에서 일한
다. 하루 일과는 빽빽하다. 오전 7시에 출근한다. 조리사로서
식자재 검수를 마치고 고무장갑이나 앞치마 같은 소모품을

발주하고 인력 관리 등 행정 업무를 한다. 8시에 조리원들이 다 출근하면 자체 회의를 한다. 식단표에 따라 솥을 쓰는 순서 등이 엉키지 않게끔 차례를 정한다. 11시 10분까지 음식 준비 완료.

총 열두 명의 급식 노동자가 식수 인원 1700명을 맡는데 아이들이 잘 먹는 메뉴는 1800~1900인분을 준비해야 한다. 인기 메뉴 베스트 3은 단연 돈가스, 치킨, 마라탕. 돈가스는 냉동식품이 아니라 살코기에 손수 밑간을 해 밀가루, 달걀물, 빵가루를 정성껏 입힌다. 힘은 들지만 냉동식품보다 모양도 예쁘고 맛도 월등히 좋다. 또 "애들이 워낙 튀김을 좋아한다". 튀김 요리는 땀이 비 오듯 하고 눈도 따가워 고역이지만 이왕이면 "애들 뜨끈하게 먹이려고" 배식 종료 십오 분 전까지 바로바로 튀겨낸다. 미리 해놓으면 숨이 죽는 나물도 마찬가지. 한 번에 하지 않고 세 번에 나누어 무친다. 떡국이나 국수 역시 "애들에게 최대한 붇지 않게 맛있게 먹이려고" 여러 번에 걸쳐 끓이고 삶는다. 낮 12시 40분에 기본 배식이 끝나고 이후부터 추가 배식대가 운영된다. "애들이 마저 먹는 거 보고" 나면 얼추 정리를 마치고 조리원들은 1시쯤 밥 수저를 뜬다. 밥을 다 먹고 커피 한잔 마시며 숨을 고른다. 1시 20분에 식판 정리하고 수저 미리 담가놓고 설거지를 준비한다. 설거지와 청소가 끝나면 오후 3시. 비로소 퇴근이다.

"메뉴가 수월하면 물 한잔 마실 시간은 있는데 너무 바쁜 날은 화장실도 못 가요. 누가 가지 말래서 못 가는 게 아니에요. 일도 밀려오고 화장실에 가려면 모자랑 앞치마를 죄다 벗어야 해요. 웬만하면 안 가려고 하니 소변을 참게 되고 다들 방광염이 있죠. 우리끼리 '나, 물도 한잔 못 마셨네' 이래요."

가장 힘든 메뉴는 전이다. 감자전, 김치전, 야채전. 조리원들 업무가 주찬, 부찬, 국, 전처리 등 한 주씩 배정받는 식인데 그가 맡은 주에 전이 세 번이나 걸렸다. 월요일에는 무사했는데 수요일에 엄지손가락이 아프더니 금요일에 하고 나니까 손에 감각이 없었다. 뒤집개를 잡은 손이 혈액 순환이 안 된다. 다들 바쁘니 바꿔주는 사람도 없어 처음부터 끝까지 전을 부치면 엄지손가락에 감각이 없다. 영영 감각이 안 돌아오면 어쩌나 걱정했는데 두세 주 되니까 서서히 돌아왔다. 키위나 참외를 깎고 나도 팔이 안 펴져 서로 팔 좀 펴달라고 할 정도다.

"다 직업병이 심해요. 먼지 때문에 폐암도 많고, 손가락 휘는 건 기본이고, 계속 서서 조리하고 배식을 하니까 무릎이랑 허리가 아프죠. 저는 뼈가 워낙 튼튼해서 연차에 비하면 아픈 것도 아니에요."

1971년생 김규희는 충청남도 태안에서 일곱 남매 중 막내로 태어났다. 성장기 내내 밥상에는 지역 대표 음식인 간장게장이 365일 올랐다.

"예전엔 그물을 해친다고 꽃게를 다 버렸대요. 딱지나 살 많은 부분은 아버지랑 큰오빠가 먹는 남자 밥상으로 갔죠. 아버지 안 계시면 엄마가 슬쩍 접시를 여자 밥상으로 내려줘요.

급식 노동자

그러면 우리가 서로 막 먹고요. 365일 먹어도 맛있었어요."

열네 살 터울인 큰언니에게는 여전히 '애기'로 불린다. "제가 쉰 먹은 애기입니다."(웃음) 평생에 걸쳐 막둥이로 받은 사랑의 마법인지 안색은 밝고 허리는 유독 꼿꼿한 편이다. 건강한 신체를 타고난 듯 보였지만 혹사당한 관절은 속에서 울고 있었다. 7년 차 되던 즈음 몸에 이상 징후가 나타났다. 일 끝나고 샤워할 때 옷을 벗지 못하고 팔이 속에서부터 아팠다. 생고기 치댈 때나 볶을 때 삽질을 하다 보니 어깨부터 팔꿈치, 손바닥까지 쑤셨다.

이번 여름 방학엔 갑자기 다리 저림이 심해 동네 큰 병원에 갔다가 척추협착증 진단을 받았다. "방학이라서 일도 안 하는데 잠을 못 자는 거예요. MRI 찍어 검사하니 늙어서 그렇다고."(웃음) 무기 계약직인 급식 노동자는 방학에 월급이 나오지 않는데 치료비가 100만 원이나 들었다.

"연차가 쌓일수록 방학이면 병원 순례하기 바빠요. 일이 힘들어도 이미 일하던 분들은 저처럼 무던하게 했는데 최근에 오는 분들은 안 참아요. 한 달도 못 하고 그만두거나 길어야 석 달 버틸까. 식수 인원이 1700명이라고 하면 아예 무서워서 배정받아도 안 와요. 그래서 작년부터 대체 인원을 쓰고 있어요. 주로 오십대가 많죠. 어떤 분이 사표를 내면서 그래요, 여기 분들은 일당 30만 원 이상 받아야 한다고. 이건 사람이 할 일이 아니다, 나는 교육청에 전화할 거다, 이 일 하는 분들 너무 대단하다고요."

"잘 먹었다고 하고 가면 예쁘죠.

저 두 그릇 먹었어요, 세 그릇 먹었어요 하면 너무 기뻐요.

일단 애기들을 잘 먹여야 한다.

누가 시킨 건 아니어도

우리는 자부심을 갖고 일해요.

돈 벌려고 오지만 책임감으로 일하죠"

가루처럼 부서진 키위 넉넉 불고기의 추억

무던하게 일하다 대단하게 된 사람. 김규희의 무던함은 어떻게 대단함이 됐을까. 급식 노동자가 갖춰야 할 덕목을 물었더니 "애들 사랑하는 마음?"이라며 웃었다.

"음, 사랑까지는 오버지만 잘 먹었다고 하고 가면 예쁘죠. 저 두 그릇 먹었어요, 세 그릇 먹었어요 하면 너무 기뻐요. 일단 애기들을 잘 먹여야 한다. 누가 시킨 건 아니어도 우리는 자부심을 갖고 일해요. 돈 벌려고 오지만 책임감으로 일하죠."

돈을 벌어야 한다는 말만 매미 울음처럼 요란한 세상에서 "애들을 잘 먹여야 한다"라는 말이 청량한 바람 한 줄기처럼 목에 감긴다. 애들을 잘 먹여야 한다는 그의 주장은 이유가 있다. "밥 먹으러 학교 오는 애들"이 있고, 그 애들을 실망시키고 싶지 않아서다. 교사들도 "저 밥 먹으러 학교 와요"라고 말한다. 밥을 맛있게 먹을 준비가 돼 있다.

아이들에 대한 사랑이 넘쳐 찰랑이던 11년 차의 일이다. 그동안 보조만 하던 그가 직접 요리하는 업무를 처음으로 맡았다. 주찬은 불고기. 연육 작용을 위해 고기에 파인애플과 키위를 좀 넉넉히 넣고 재워두었다. 잘 숙성시킨 후 팬에 넣고 볶는데 불고기가 가루처럼 부서지는 게 아닌가. 아뿔싸! 키위를 많이 넣어 고기가 부드러워지다 못해 뭉개졌다. 너무 속상해 남몰래 펑펑 울었다. 무엇보다 아이들한테 미안했다. 영양사는 여사님이 일부러 그런 거 아니지 않느냐며 달래주었다. 다행히 아이들도 여느 날처럼 흡족한 얼굴로 식판을 반납했다.

그렇게 한바탕 "애기들을 먹이고" 퇴근하면 집에서도 앞치마를 두른다. 밥에서 밥으로 쉴 틈 없이 이어지는 일상이기에 물론 힘들 때도 있다. 하지만 이상하게도 힘듦을 넘어서는 기쁨이 반드시 충전된다.

"애들 키울 적에 제가 부엌에서 음식 하고 남편하고 애들이 티브이 보고 있으면 그게 행복했어요. 제가 집에 있어야 식구들이 마음이 놓이는 느낌을 받아요. 그게 너무 행복해요. 어쩔 수 없이 해야 해요."

분가한 시아버지가 토요일에 점심 드시러 오실 때도 그는 밑반찬을 준비한다. 버섯장조림이나 무짠지, 멸치꽈리고추볶음 등 좋아하시는 음식으로 챙긴다.

"먹기 위해 사는 거죠.(웃음) 저는 잘 먹어서 뭘 먹다가 '너무 맛있다'라고 하면 남편이 '자네가 안 맛있는 게 뭐 있어' 그래요."

누구나 한 직업에 오래 몸담기 위해선 두 가지가 필요하다. 일에 대한 자기 철학, 그리고 지지 기반. 김규희는 학교에서 만나는 '애기들'이나 식구들을 잘 먹여야 한다는 마음이 소신으로 몸에 새겨졌다. 든든한 뒷배로는 노조가 있다. 노조에 가입했지만 한동안 소식만 듣다 노조를 통해 녹색병원에서 지원하는 무료 건강 검진을 받았다. 그러면서 우연히 알게 된 '이소선 합창단'에도 들어가 활동했다. 2019년 서울일반노조

서대문지회장을 맡아 3년간 상근직으로 일했다.

"노조 활동이 하다 보니 적성에 맞아요. 사람들을 설득하고 조합원들 얘기 들어주는 것도 재밌고요. 집회 때 대로에 앉아 있으면 뿌듯한 거예요. '나도 사회 일원이 되나 보다' 혼자만의 그런 생각?(웃음) 나 여기 앉아 사람들하고 같이 협심해서 뭐라도 이뤄지나 보다, 그런 생각 하면 뿌듯하죠."

노조 활동 후 변화는 "쓸데없이 용감해진 것"이다. 노조 상근을 마치고 복귀한 학교에선 급식 노동자로서 협상이 한결 수월했다. 동료들이 아파서 돌아가며 병가 쓴다고 했을 때 학교 측이 처음엔 안 된다고 했다가도 면담을 요청해 그가 상황을 설명하면 되는 식으로 눈에 띄게 근무 조건이 개선됐다. "슬슬 불의를 못 참게 되고 권리를 말하게 된" 그는 더 나은 급식 노동자가 되고 싶은 욕심이 생겼다. 전문성을 갖추고자 방송통신대학교 식품영양학과에 들어갔고 이제 마지막 학기만 남겨둔 상태다.

집 거실장에 옹기종기 모여 있는 가족사진 액자 사이로 '서울일반노조 대의원대회' 사진이 눈에 띄었다. 식구들도 노조 활동을 전폭 지지했다는 증거다. 아들은 말하곤 했다. "밥하는 엄마보다는 혁명가 엄마가 좋아요." 하지만 매일 1700인분의 밥을 짓는 사람이 혁명가다. 밥은 타인에 대한 사랑의 실행이며, 밥은 흩어진 존재들을 모으는 점성 강한 연결의 수단이다. 인간은 밥 주위로 모여든다.

"사람들이 다 먹기 위해 산다고 하면서도 밥하는 노동은 존중을 안 하는 게 모순이죠. 먹는 건 좋아하면서 음식하는 노동은 왜 이렇게 천시하는지 항상 불만이에요. 그래서 누가 직업을 물어보면 저도 그냥 '교육 공무직이에요' 하고 말아요. 밥하는 사람이라고 하면 낮춰 보니까요. 우리 자신부터 좀 용감해져야 하는데 아직까지 저부터도 밖에 나가서 밥하는 사람이라고 얘기하지 못해요. 동료들도 말 안 하는 사람이 더 많고요. 임금이 높아지고 인식이 개선되면 나아지겠지요."

【 부기 】

2026년 1월 29일 국회 본회의에서 학교급식법 일부개정법률안이 가결되었다. 학교 급식 노동자들의 안정과 건강권 보장을 법적 책임으로 명확히 규정한 것이 특징이다.

'금호미'로
세상을 바꿀 수 있다면

청년 농부

(김후주)

배를 키우는 농부의 마음으로,

타고난 비위와 철학을 두루 갖춘 활동가의 몸으로 기다린다.

민주주의가 만숙의 열매처럼 뚝 떨어졌듯이

숨길이 끊겨가는 농촌의 맥박이 힘차게 뛰게 될 때를.

음식과 사람과 말이 넘쳐나는

또 한 번의 향연을.

"어, 우리 집 배다."

탁자에 놓인 배를 보자마자 무심하게 알은체한다. 남들 눈에는 하고많은 배 중 하나지만 그에겐 "이건 어떻게 봐도 우리 집 배"다. 특징은 매끈한 모양새가 아니라는 것. 시장에서는 용납되지 않는 울퉁불퉁한 배라서 바로 알아보았다. 삼 대째 이어온, 하얀 배꽃 흐드러지게 피는 과수원 집에서 나고 자란 덕에 배 보는 눈썰미만은 확실하다. 패션도 힙하다. 미국의 문화비평가 수전 손태그(Susan Sontag)의 이름이 새겨진 검정 티셔츠를 입었다. 손태그의 북펀딩 굿즈로 받은 옷이라고.

충청남도 아산에서 배 농사를 짓는 청년 농부 김후주. 그에겐 배처럼 책도 태어났을 때부터 삶의 배경을 이루었던 중요한 사물이다. 애서가 부모님 덕에 거실에 책이 많았다. 서양 철학의 아버지라 불리는 탈레스(Thales) 이야기부터 쉽게 풀어놓은 어린이용 철학책을 즐겨 보던 아이는 자라서 천안의 비평준화 고등학교에 들어갔다. 당시에는 '놀토'가 있어 격주로 토요일에 등교했는데 교실에서 교과와 상관없는 논술 활동을 하며 사르트르(Jean-Paul Sartre)의 철학도 배우고 영화 〈매트릭스〉를 보고 토론도 했다. 철학 교사가 있는 "특이한 학교"이다 보니 철학과 진학률이 높은 편이었다. 미술 대학교 입시를 준비하던 그가 "그림은 재밌는데 입시 그림에 질려버려서" 붓을 내려놓고 무엇을 공부할까 고민했을 때 바로 떠오른 건 철학이었다. "최대 아웃풋 김수환 추기경"이 다닌 가톨릭대 철학과에서 탄탄한 커리큘럼과 좋은 교수진을 만나 만족스럽게 공부했다. 스피노자(Baruch Spinoza)의 자유 개념으로 석사 논문까지 쓰고 유학을 고민할 즈음 뜻밖의 갈림길이 나타났다. 학업이냐, 농업이냐.

"부모님이 과수원을 물려주고 싶다고 하셨어요. 할 사람이 저밖에 없는 거죠. 대학원 끝나고 나니까 부모님이 공부는 나중에 하고 여기 와서 농장 운영하는 걸 배워서 관리하라고요. 그 말에 현혹당해서 눌러앉았죠. 철학을 공부해도 교수가 되는 게 쉽지는 않잖아요. 늙어서 배우는 것보다 젊어서 먹고 사는 방책을 마련해놓아도 좋지 않을까 싶기도 했고, 가족들에 대한 책임감이나 과수원에 대한 애정도 있었고요. 유년 시절을 과수원에서 보냈으니까요."

1958년 할아버지가 문을 연 주원농원은(부모님이 후에 할

아버지 이름으로 농장명을 달았다) 국내에서 유기농 배 인증을 받은 1호 농가다. 부모님의 지난한 연구와 시도 끝에 농약을 치는 관행농에서 유기농으로 전환하는 데 성공했다. 삼대 후계자가 된 김후주는 부모님이 독일, 캐나다, 일본 등 해외 선진 농가에서 배워 온 유기 재배 노하우와 경영법을 전수받았다. 이외에도 인공 수분, 배 솎기, 배 봉지 씌우기, 배 따기 등 웬만한 밭일은 일찌감치 몸에 익은 상태였다. 왜냐하면 농가의 자녀 양육법에는 두 가지 유형이 있다. "애들한테 농사일을 손도 못 대게 하는 집이 있고 아동 노동을 착취하는 집이 있는데 우리는 착취 쪽이었죠."(웃음)

그럼에도 스물일곱에 귀향한 '전업 농부'의 생활은 녹록지 않았다. 일단 아버지와 맞지 않았다. 자율적으로 뭘 좀 해보려면 "알지도 못하면서"라고 했고, 시키는 대로 하면 또 "너무 수동적이다"라고 했다. 여느 직장인처럼 상사와 갈등이 깊었는데 거기다가 상사가 퇴근을 안 하고 "밥까지 차려달라"는 셈이었다.

외진 지역에 섬처럼 고립되었다는 소외감, 서울에서 살 때처럼 책과 영화를 마음껏 볼 수 없다는 박탈감이 컸다. 스트레스로 체중이 늘고 걸핏하면 장염에 걸렸다. 매달 링거를 맞으며 이게 맞는지를 수없이 되뇌었다. 그러다가 아버지가 배 과수원을 그에게 완전히 넘기고 사과 농사를 짓고 싶다며 강원도 양구로 독립했다. 그러자 거짓말처럼 몸과 마음이 괜찮아졌다. 그때 알았다. "아, 내가 농사일이 힘든 게 아니었구나."(웃음) 초반 서너 해 고비를 넘겼다.

"저 같은 승계농, 후계농 친구들이 농사를 중도 포기하는 가장 큰 이유 가운데 하나가 가족 간 갈등이라는 통계가 있어요. 일은 다 하는데 돈은 못 받죠. 오히려 일꾼한테는 임금 체불을 못 해도 자식한테는 하거든요. '뭐, 어차피 네 거 될 건데'라는 거예요. 이런 문제는 정부에서도 알고 있어요. 관련 정책을 개발하고 '가족 경영 협약'을 교육하고 승계 혜택을 주는데도 쉽지 않죠. 그래서 승계농은 청년이 지역에서 정주하기 제일 좋은 조건인데도 제대로 유지하지 못하고 있죠."

승계농은 일명 '금호미'로 불린다. 부모에게 자산을 물려받은 '비농민 금수저'가 일을 안 해도 먹고살 수 있다면 "금호미는 일을 안 하면 거지가 된다"라는 게 그의 설명이다. 1만 5000평 규모의 과수원 경영 등록을 마친 금호미 김후주는 자기 세대의 장점과 자원을 야무지게 활용했다. 유기농 배는 관행농 과일처럼 도매 시장에 내서 농협이 대량 수매하는 식이 아니다. 유기농을 따로 취급하는 시장이 없어 과수원 창고에 쌓아두고 연중 내내 판매한다. 주로 '한살림'이나 친환경 급식에 납품해왔는데 여기에 그치지 않고 그는 X(옛 트위터) 계정과 네이버 스토어 같은 온라인 연결망으로 일반인과 직거래를 트는 등 새로운 판로를 개척했다. 위탁 판매 수수료를 줄이고 꼼꼼하게 방제해 수확량과 품질을 개선했다. 그랬더니 아버지가 운영할 때보다 매출이 느는 성과가 나왔다. 상사의 반응은? "칭찬은 없고, 됐다!"(웃음)

청년 농부

청년 승계농이 농사 포기하는 이유

무엇보다 주력한 것은 농민의 목소리를 내는 일이었다. 사실 한국 농업 전반의 문제는 부모님이 늘 하는 얘기로 어렴풋이 알았지만 그가 직접 현업에 들어와서 체감한 상태는 훨씬 심각했다. 진짜 큰일 났구나 싶었다. "없어요, 사람이."

통계청의 '2024년 농림어업총조사'에 따르면 농업 인구 중 70세 이상이 50.8퍼센트이고 2040은 3.3퍼센트에 그친다. 전국 2030 청년 농민 다 모으면 1만 5000명에서 2만 명 정도. 아산 지역 배 작목반 300명 중 그가 유일한 삼십대 여성이다. 배 농사는 과수원이고 돈이 돼 연령대가 젊은 편이라 해도 대부분 6070이다.

"축산 쪽은 돈이 되니까 승계가 돼요. 서울에서 일하던 자녀들이 경영권 갖고 싸우기도 하고요. 논밭 농사는 자녀에게 물려주고 싶지 않은 거죠. 고생은 나로 끝낸다. 땅 팔아서 편하게 살아라. 지금 농촌에서는 팔십대도 일을 하죠. 그분들이 은퇴하거나 돌아가실 텐데 그러면 100명이 하던 일을 두 명이 하는 거거든요. 당연한 결과예요. 한국이 근대화한 이후로 농업은 계속 희생된 채 국가 정책 기조가 산업으로 가다 보니 소외됐죠. 돈이 되지 않으니까 사람이 없고요. 농촌 승계 부족은 지방 소멸이랑 연결돼요. 지역 소멸은 곧 먹거리 위기로 이어지고요."

보이지 않는 재난이라는 판단이 들었고, 그는 가만히 있지 않았다. 자신이 발 딛고 선 토대를 비판적으로 바라보고 질

"농민들끼리는 농촌 문제가 심각한 줄 다 아는데
이걸 비농민 시민에게 알려야 한다고
생각하던 차에 남태령이 생겼어요.
전봉준투쟁단 선생님들은 시민들의 관심이
좋으면서도 어리둥절한 거예요.
밤새 우셨어요.
우리 이야기를 들어줬다고요,
그동안 아무도 안 들어줬는데요"

문하고 떠드는 건 본디 철학도의 임무가 아닌가. 2017년 즈음
부터 국회를 찾았다. 청년 농부에게 가혹한 농협 대출 제도나
빚부터 떠안기는 후계농 제도 등 암담한 현실을 증언했다. 농
업 부문 국정 감사에 참고인으로 출두하고, 정당의 농어민 정
책 자문 위원으로 활동했다. 문재인 정부 때 청년농업인 영농
정착 지원사업이 시행됐다. 청년이 창업 대신 농업을 하도록
3년간 매월 100만 원을 지급하고 교육하는 프로그램이 만들
어졌지만 막상 현장에서는 "사망 상태에 타이레놀을 지급하는
정도"로 느껴졌다. 열성을 다해 뛰어다니던 그도 매너리즘에
빠졌다. 이제는 발언 자리에 가면 말한다. 골든타임이 30년 전
에 지났다고. 전문가와 연구자도 끄덕끄덕한다. 장관이나 국
회 의원들은 늘 "검토해보겠습니다"라고 말하지만 그뿐이다.

"귀농을 하고 당황스러웠던 게 청년 농업인들이 우리의
미래라고 말하잖아요. 그런데 청년들이 농사를 짓게 하려는
노력은 하지 않아요. 청년 농업인들도 굉장히 냉소적이에요.
농촌 재생이고 뭐고 각자도생하자. 10년, 20년만 지나봐라,
어르신들 돌아가시고 나면 농사지을 사람이 없어서 땅 안 사
도 된다, 농지가 넘쳐날 거다, 나라에서 무릎 꿇고 농사지어달
라고 할 때가 온다."

김후주의 온라인 이름은 '향연'이다. 큰 뜻은 없고 트위
터를 개설할 때 옆에 있는 책이 플라톤(Platon)의 《향연》이었
다. 평소 X에서 맛난 배를 팔고 농민의 부조리한 현실을 꾸준

히 전해온 트위터리안 농부 '향연'은 12·3 내란 정국에서 일약 스타로 떠올랐다. 농민들이 '전봉준투쟁단'을 조직해 폐정개혁안 12개조를 들고 트랙터로 상경 투쟁을 하던 중 남태령에서 경찰의 차 벽에 막혔다. 그때 X에 농민들의 상황을 긴급 타전하며 2030 여성들을 중심으로 한 시민 연대를 이끌어낸 주인공이 바로 '향연'이다. 당시 그의 계정은 스물네 시간 전국농민회총연맹(이하 '전농') 스피커 역할을 했다. 남태령에는 살을 에는 칼바람을 뚫고 밤새 사람들이 몰려왔다. 나눔을 위해 챙겨 온 것들이나 현장에 못 오는 이들이 보낸 구호물자가 넘쳤다. 초코파이와 생리대가 쌓이고 난방 버스가 왔다. 아무도 기획하지 않은 축제가 시작됐다. 간이 무대에 올라 자신의 정체성을 터놓으며 삶을 걸고 쏟아내는 시민들의 발언은 동이 틀 때까지 이어졌다. 그걸 중계하는 전농 유튜브 채널 동시 접속자는 3만 명에 달했고, 전농으로 후원금이 그야말로 쇄도했다. 나중엔 압수 수색의 빌미가 될까 봐 계좌를 막았는데도 농민들을 후원하게 해달라는 요청이 빗발쳤다. 그는 고민하다가 전농 대신 '전태일의료센터' 후원처를 올렸다. 이때를 기점으로 전태일의료센터의 2030 여성 후원자가 폭발적으로 늘어 전체 후원금의 50퍼센트가 넘었다. 이러한 기세에 힘입어 마침내 차 벽이 뚫리고 전봉준투쟁단의 트랙터 대행진은 마무리됐다. 서른세 시간 만이었다.

"농민들끼리는 농촌 문제가 심각한 줄 다 아는데 이걸 비농민 시민에게 알려야 한다고 생각하던 차에 남태령이 생겼어요. 광우병 사태 당시 이슈가 잠깐 되고(2008년), 백남기 선생님 돌아가시고(2016년), 그 이후로 온전하게 농민 의제로 주목받은 게 남태령이 거의 처음이래요. 전봉준투쟁단 선생님들은 시민들의 관심이 좋으면서도 어리둥절한 거예요. 밤새 우셨어요. 지금도 남태령 얘기만 하면 우세요. 우리 이야기를 들어줬다고요, 그동안 아무도 안 들어줬는데요. 비농민 시민들이 계속 관심을 가져주는 게 보이고, 요즘은 일반 소비자도 먹거리, 생태, 기후 위기에 관심이 많아서 시기가 잘 맞았던 거 같아요."

김수영 시인의 〈절망〉에 나오는 시구대로 바람은 딴 데서 오고 구원은 예기치 않은 순간에 오고야 말았다. 한국 민주화 과정에서 산전수전 다 겪은 베테랑 활동가들도 "남태령은 달랐다"라고 입을 모은다. 농민과 비농민의 오작교가 되어준 '항연'도 남태령에서 밤새 현장을 목격하며 생각했다.

"뭔가 세상을 바꿀 수 있다면 여기서 바꿀 수 있겠구나. 이런 시민 공론장이 좀 더 커지고 지속 가능해지고 이걸 재현할 수 있다면 가능하겠다고요. 진짜 민주주의라는 게 있다면 남태령과 비슷하지 않을까 하고요."

그는 공저자로 참여한 책 《다시 만날 세계에서》(안온북스, 2025)에서 '농민'이라는 직업적 특성의 잠재력을 분석했다. 농민들은 기후 위기, 태풍, 가뭄, 홍수, 병충해는 물론이고 시장과 정부의 만행까지 주어진 현실을 받아들이는 데 익숙하다. 그리고 쉽게 포기하지 않는다. 이러한 농민들의 특성이 남

청년 농부

태령의 기적을 가능하게 한 요인이다. 그는 자기소개와 발언을 예로 들었다. 남태령 간이 무대에서는 "저는 ○○에서 온 전세 사기 피해자 스물여덟 살 ○○○입니다"처럼 성소수자, 페미니스트, 이주민, 노동자, 지역민, 청소년, 빈민, 장애인 등등 모두가 자기 정체성과 상황을 솔직하게 드러내는 방식으로 인사를 했고 이는 이후 집회에서도 한동안 규칙처럼 유행했다.

"광화문 광장에서는 아무리 평등 수칙이 있어도 어떤 사람이 발언했을 때 야유가 나오거나 논란이 되거나 발언 자격에 대한 왈가왈부가 있었는데 남태령은 전혀 없었어요. 농민들이 모두 수용했기 때문이죠. 찬밥 더운밥 가릴 때가 아니었고, 농민분들이 소수자성과 약자성을 너무너무 가진 분들이어서죠. 고양이 손이라도 빌린다고 하잖아요. 그저 오신 분들이 감사한 거예요."

원래도 그가 사는 농촌에선 이주민 혐오를 볼 수 없다. 그래서 도시민 대상으로 농업 관련한 강연을 할 때 말하곤 했다. 중국인이나 동남아인 혐오는 일상에서 그들을 마주치지 않는 사람들, 서울 사람들이 한다고. 지역은 이미 외국인이 주요 구성원으로 돌아가고 있다고.

"우리 동네만 해도 초등학교에 내국인보다 외국인 어린이가 더 많아요. 마트에도 중국, 태국, 러시아 코너가 있죠. 장보고 식당 가고 택시나 대중교통 이용자들 거의 외국인이죠. 인터내셔널이 되어서 이미 삼촌하고 엄마는 태국어를 기본적

으로 하실 줄 알아요. 왜냐면 한국인 일꾼이 없어요. 작년에
는 무슬림분들이 저희 농장에서 일해주셨는데 기도 시간, 할
랄 같은 걸 지킬 수 있도록 했지요. 이미 융합이 돼 있어요. 사
실 비닐하우스 살다가 비극적으로 죽고 이런 이주 노동자 사
례도 분명히 있지만 그런 곳은 농민들도 그렇게 살아요. 외국
인은 이슈가 되죠. 온열 질환으로 돌아가시는 분들의 대부분
이 독거 농민이거든요. 그분들은 화제가 되지도 않죠. 원래 시
골 노인은 밭에서 일하다 죽는 거니까요. 오히려 외국인 노동
자에 대한 열린 마음이 있어요. 지역은 혐오했다가는 농사를
못 짓죠. 그 사람들을 다 포용할 수 있는 마음가짐도 도시랑은
달라요."

농민과 비농민의 오작교 된 '향연'

　　내란 사태를 거치며 김후주는 '벼락 활동가'가 되었다.
남태령 정신 보존을 위해 '남태령 아카이브·심포지엄 팀' 대표
를 맡아 기록 작업에 매진하고 있다. 어떻게 조직된 싸움이고
이기는 싸움이 됐는지 농민과 청년 양쪽의 타임라인을 동시
에 아는 유일한 사람으로서 사명감을 갖고 임한다. 또한 전국
으로 강연을 다니고 투쟁 현장과 연대한다.

　　"저보고 힘들지 않느냐고 하는데 농사짓는 거보다 편해
요. 정치인 만나는 게 안 힘드냐고도 물어보는데 생각해보니
까 아빠보다는…… 하하하. 제가 새로운 사람들 만나고 얘기
하는 걸 좋아하는 편이에요. 호기심이 많고 비위가 좋아요. 젠

　　　　　　　　　　　　　　　　　　　　　청년 농부

더 노소 비위를 잘 맞춰요. 586 정치인은 웬만한 비위로 안 되거든요. 뜨악한 말도 들어야 하고요.(웃음) 그걸 견딜 사람들이 할 수 있는 일이 있죠. 그 권력을 이용할 수 있다면 이용해야 한다고 저는 생각해요."

남태령에 구름처럼 몰려든 2030 여성들을 보며 그는 매일 아침 하늘과 바람을 살피는 농부의 예민함으로 절망과 희망의 기류를 감지했다. 청년 여성들이 가진 고통들, 자살률 높은 도시 생활에 숨구멍을 내고자 텃밭을 만들어 일구고 좁은 원룸 창틀에 식물을 키우는 마음들. 그들은 지역에서 농사를 지을 수 있다면 짓고 싶어 한다. 에코페미니스트들은 나중에 공동체를 만들어 농사를 짓자고 결의하고 이미 그렇게 살고 있기도 하다. 이 땅에서 생태 재앙을 민감하게 느끼는 종족은 여성들과 농민들이다. 그들이 내란 광장에서 동료 시민으로 운명처럼 조우했다. 청년 여성들이 농촌을 재생시키는 희망의 씨앗이 될 수 있을까?

"저는 그 방법이 없이는 농촌 재생은 안 된다고, 필수 조건이라고 생각해요. 젊은 여성들이 당장 서울에서 사는 게 힘들면서도 서울 밖에서 살 희망의 여지가 없고, 또 지역에서 살기는 무서운 거죠. 그런데 문만 열어주고 안전장치만 있다면 (그들이) 물밀듯 쏟아져 나올 거라고 생각해요."

농부에게는 기다림이 일이다. 유기농으로 배를 재배하면 더 그렇다. 성장 호르몬을 사용할 수 없기에 배가 성숙하는 시기를 사람이 조절하지 못한다. 자연의 시간에 맡겨두고 과실이 여물면 그때 수확한다. 김후주는 배를 키우는 농부의 마음으로, 타고난 비위와 철학을 두루 갖춘 활동가의 몸으로 기다린다. "누구도 기획한 적 없고 아무것도 준비되지 않았던 그곳에서" 민주주의가 만숙의 열매처럼 뚝 떨어졌듯이 숨길이 끊겨가는 농촌의 맥박이 힘차게 뛰게 될 때를. 음식과 사람과 말이 넘쳐나는 또 한 번의 향연을.

【 부기 】

2024년 12월 16일 전국농민회총연맹(전농)과 전국여성농민총연합(전여농)이 조직한 '세상을 바꾸는 전봉준투쟁단 트랙터 대행진'은 폐정개혁안 12개조를 들고 상경 투쟁을 이어갔다. 21일 서울 남태령 고개에서 경찰은 농민을 에워싸고 차 벽으로 트랙터를 고립시켰다. 차 벽을 두고 대치가 이어진 오후 시위를 주최한 전봉준투쟁단은 시민들에게 남태령으로 모여달라는 긴급 호소문을 전파했다. 2030 여성을 비롯 각지의 인원이 밤새 모여들었고 이 기세로 차 벽이 뚫리고 서른세 시간 만에 트랙터 대행진은 마무리되었다.

청년 농부

밥을 해드릴 수 있어

영광이었습니다

우리밥연대 요리사

(　　　김주휘　　　)

짜긍곰은 '대접'이라는 말이 가슴에 박혔다.

그래, 대접을 하자! 모래가 굴러다니는 듯

입안이 껄끄럽고 혀가 쓴 유가족들,

집 밖 생활에 지치고 스트레스에 장기간 노출된

해고자들이야말로 아무거나 먹으면 안 되는 사람들이 아닌가.

요리하는 사람에게 불지옥이 따로 없는 삼복더위에도,

음식에 잔 얼음이 끼는 엄동설한에도

사람 입에 밥은 들어가야 하므로

그는 어떻게든 무엇이든 차려낸다.

본명 김주휘. 구슬 주(珠), 빛날 휘(輝)를 쓴다. 우리 딸, 장군이 되라며 아버지가 지어주셨는데 이름대로 그는 싸움터를 누빈다. 무기는 쇠붙이로 된 총칼이 아니라 따끈따끈한 밥이다. 복장도 굽힘 없는 투사의 그것이다. '노 사드(NO THAAD)', 한반도에 사드 배치를 반대한다는 구호가 새겨진 티셔츠를 입었다. 손목에는 노란 팔찌를 차고 머리는 질끈 묶어 챙모자를 뒤로 눌러썼다. 관절 마디마디가 닳은 손으로 적게는 몇십 인분에서 많게는 1000인분 넘는 식사를 솜씨 좋게 차려내는 밥 출동 장군. 김주휘는 유가족, 참사 생존자, 해고자 등 일상을 잃은 사람들이 있는 현장으로 찾아가는 '우리밥연대' 활동가 '짜긍곰'(별명)이다.

"100인분 밥만 해도 밥통이 안 들릴 정도로 무거워요. 반찬이랑 가스통 등등 장비를 다 싣고 운전대를 잡으면 손이 덜덜 떨려요. 며칠 전부터 메뉴 짜고, 저렴하면서도 좋은 재료 찾느라 식자재 마트랑 새벽 시장을 돌며 장 봐다가 나르죠. 쌀 씻어서 밥해야지, 반찬 해야지, 그거 다 들고 와서 차에 싣고 운전대를 딱 잡으면 '더는 못 한다, 하⋯⋯' 자동으로 숨이 이렇게 쉬어져요. 근데 농성장에 가면 동지들이 밥을 십 분, 십오 분이면 다 드시거든요. 준비하는 시간이 굉장히 많이 걸리니까 빨리 먹으면 엄청 허탈한데 동지들이 행복해하는 얼굴을 보면 진심을 드셨다는 표정이 보여요. 그래서 다시 빈 그릇 싣고 돌아올 땐 운전대 신나게 돌리면서 '다음에는 뭘 해가지고 오지?' 이렇게 돼요."(웃음)

밥 출동의 시작에는 '세월호'가 있다. 참사가 일어났을 때 그는 국화 한 송이 바치는 마음으로 경기도 안산 화랑공원 분향소에 갔다. 희생자 숫자는 보도를 통해 알고 있었지만 막상 수백 명 아이들의 영정 사진과 미수습자의 빈 액자가 끝도 없이 이어지는 참혹한 광경이 시야를 메우는 순간 무릎이 꺾였다. 승용차를 몰고 집으로 돌아오는 길에 저도 모르게 역주행을 할 정도였다. 정신이 혼미한 와중에 단 하나의 생각만 또렷해졌다. '팽목항에 가야겠다.' 직장의 근무를 조정해놓고 무작정 전라남도 목포를 향해 달려갔다.

유가족 숙소에 도착해 두 팔 걷어붙이고 청소부터 했다. 냉장고를 열어보니 안이 무척 지저분했다. 유가족이 거의 음식을 해 먹지 못하는 상황인데 시민들이 주고 가거나 전국 각지에서 오는 택배로 음식과 재료가 죄다 썩어가고 있었다. 유가족들은 누가 컵라면에 물 부어 갖다주면 몇 젓가락 먹고는 소화제를 한 주먹씩 삼켰다. 컵라면은 반이 남아 있곤 했다. 이대론 안 되겠다 싶어서 있는 식재료로 식사를 준비했다. 미나리 한 박스를 데쳐 무치고 시어 꼬부라진 김치로 칼칼한 김치찌개를 끓였다. 같이 간 초등학생 딸아이한테 어른들을 모시고 나오라고 시켰다. 뭘 좀 드시라고 해도 꿈쩍 않던 유가족 분들이 아이가 가니 마지못해 나왔다. 다 같이 둘러앉은 밥상에서 다운이 엄마는 하염없이 눈물을 쏟았다. 모여서 먹으니 너무 좋다고.

김주휘는 그걸 보는 게 너무 아프고 또 너무 좋았다. 3년의 시간이 야속하게 흐르는 사이 밥정이 무심하게 쌓였다. 세월호 미수습자 허다운, 조은화 양을 찾을 때까지 청와대에서 미수습자 인양 피케팅을 함께했던 시민 봉사자들이 우리밥연대의 첫 멤버가 되었다.

"'우리밥연대'라는 이름이 생기기 전 발달 장애 청년들의 자립을 돕기 위해 서울 성미산마을에 꾸려진 '사부작'이라는 단체에 밥을 나누러 갔을 때 큰곰과 작은곰이라고 인사를 드렸거든요. 된소리 발음이 잘 안 되는 발달 장애 청년들이 킁곰 짜긍곰이라고 힘겹게 말을 떼던 그때부터 '킁곰'과 '짜긍곰'이 되었어요."

동료 킁곰이 "우리가 더 이상 팽목항에 가지 않아도 될 때가 오면 억울하고 원통해서 길 위 생활을 선택한 동지들에게 밥을 대접하고 싶다"라고 말했다. 짜긍곰은 '대접'이라는 말이 가슴에 박혔다. 그래, 대접을 하자! 원래부터도 "설렁탕에 깍두기 부어 먹거나 국에 뭐 섞이는 게 못마땅"했다. 물론 농성장에서야 국그릇에 밥 한 덩이 넣어 김치 얹고 수저 꽂아 나가는 간편식도 귀하디귀한 한 끼 식사지만 이왕이면 격식을 갖춰 밥과 찬을 차려드리고 싶었다. 모래가 굴러다니는 듯 입안이 껄끄럽고 혀가 쓴 유가족들, 집 밖 생활에 지치고 스트레스에 장기간 노출된 해고자들이야말로 아무거나 먹으면 안 되는 사람들이 아닌가.

고공 농성장에 시래기밥 올려보냈더니

팽목항을 나와 우리밥연대가 가장 먼저 출동한 곳은 서울정부청사 앞 공동 투쟁단이다. 콜트콜텍, 세종호텔, 아사히, 하이테크 등 전국에서 올라와 싸우는 동지들을 위해 밥을 차렸다. 본디 대접이란 내가 좋아 보이는 음식을 내놓는 게 아니다. 먹는 사람이 원하는 걸 알려는 노력에서부터 시작된다. 그래서 농성장 요리사 김주휘가 중시하는 건 손맛보다 동지들 입맛이다.

"유가족분들에게 고향을 물어요. 어렸을 때 먹던 게 무엇인지, 평소에 뭘 맛있게 드시는지 물어보면 처음엔 다들 아무거나 잘 먹는다고, 한 가지만 있으면 된다고 해요. 김치만 있어도 된다고 그러면 김치는 신 게 좋아요, 갓 버무린 게 좋아요? 집요하게 물으면 대답을 해요. 물고기냐, 육고기냐. 육고기도 고추장 양념이냐, 간장 양념이냐 다 다르죠. 어떤 분은 김치가 요만큼만 쉬어도 못 먹기도 해요. 연대자들이 와서 뭘 해줬는데 그걸 못 먹으면 민망하죠. 그래서 겉절이도 만들고, 비건이 있으니까 두부도 굽고. 그러다 보면 반찬이 아홉 가지도 돼요. 길에서 농성하는 사람들이라고 해서 주는 대로 먹어야 하는 건 아니니까요."

2018년 파인텍 해고 노동자 투쟁은 잊지 못할 현장이다. 서울시 목동에 있는 열병합발전소 75미터 굴뚝에서 400일 넘는 고공 농성이 이어졌다. 그해 겨울 추위는 유독 매서웠다.

"도시락을 올리면 올라갔다가 내려오는 사이 반찬이 다 얼었어요. 언 반찬을 보고 엄청 울었어요. 농성하는 동지의 체온을 유지하기 위해 고기를 먹여야지 해서 고기 반찬을 올렸어요. 그러다가 한번은 시래기밥을 올렸더니 신나서 전화가 왔어요. 너무 맛있게 먹었다고요. 그 비싼 소고기 안심보다 시래기를 더 좋아해.(웃음) 하물며 콩나물밥도 신난다고 먹고요. 이거구나 싶었죠. 음식은 추억이 7할이거든요."

비정규직 잔혹사로 기억될 2019년 톨게이트 수납원 여성 동지들의 긴 싸움에도 밥으로 힘을 보탰다. 2022년 여름엔 무려 1500인분 식사 대접이라는 대기록을 세웠다. 경상남도 거제 대우조선소 하청지회 유최안 동지가 0.3평짜리 철창에 스스로 갇힌 사진을 보자 도저히 가만히 있을 수 없었다. 보다 못한 시민들도 전국에서 몰려왔다. 우리밥연대 멤버들은 우뭇가사리콩국과 도토리묵밥, 그리고 껍질 벗겨 손질한 옥수

"의외로 밥 연대 받는 걸 '상'처럼 생각하세요.

우리한테도 밥차가 온다고?

눈물이 나더라고요. 밥이 뭐라고.

없으면 안 되는 매일 먹는 이게…….

뭐라도 자꾸 더 해 가게 돼요.

동지들이 행복해하는 얼굴을 보면

진심을 드셨다는 표정이 보여요"

수 수백 개를 여섯 시간 삼십 분을 삶아 준비했다. 요리하는 사람에게 불지옥이 따로 없는 삼복더위에도, 음식에 잔 얼음이 끼는 엄동설한에도 사람 입에 밥은 들어가야 하므로 그는 어떻게든 무엇이든 차려낸다. 우리밥연대의 대표 메뉴는 코스 요리다. 장기 농성장에만 내놓는 특식이다. 식전 요리(샐러드, 전복죽, 굴국)와 메인 요리(생선가스, 안심스테이크, 회) 후식(떡볶이, 과일) 순서로 계절에 맞게 정한다.

"콩곰 생선가스를 먹어본 사람은 기절해요. 생선을 횟감만 써요. 신발을 튀겨도 맛있다는데 횟감을 튀기니 얼마나 맛있겠어요."

2024년에는 9년 만에 복직하는 '아사히글라스 승리 보고 대회'에도 밥을 날랐다. 그해 우리밥연대에서 사용한 나무젓가락만 8000개를 웃돈다. 그렇게 우리밥연대는 세월호 이후 한국 노동 운동 역사의 증인이 되어가고 있다.

"어디서 농성장 차렸다고 하면 저희가 먼저 밥해다 드릴까요, 김치 담가 드릴까요 했는데 이제 우리한테 밥을 해줄 수 있느냐고 요청이 오기 시작했어요. 의외로 밥 연대 받는 걸 '상'처럼 생각하세요. 우리한테도 밥차가 온다고? 눈물이 나더라고요. 밥이 뭐라고. 없으면 안 되는 매일 먹는 이게…… . 뭐라도 자꾸 더 해 가게 돼요. 요즘은 이런 건방도 있어요. 우리가 간다고 해야 (투쟁 사업장이) 소문이 난다!"

김주휘는 입시 학원에서 23년간 사회 과목을 가르치던

베테랑 강사였다. "아이들을 만점 받는 기계로 만드는 일"에 회의가 깊어지던 차에 이런저런 사정이 겹쳐 경기도 광명에서 전라남도 곡성으로 내려갔다 이태 전 다시 근거지를 옮겼다. 바다도 있고 동지도 있는 경상남도 통영에 정착했다. 서울에서 먼저 내려간 '쿵곰', 복직 후 퇴직하고 이주한 쌍용자동차 문기주 동지 등 활동 초기엔 청와대에서 세월호 퍼케팅을 함께하던 시민들이 주축이 되었지만 통영으로 이사하면서 통영과 진주, 창원 등에서 노동 운동을 함께하는 동지들과 자연스레 우리밥연대 남부 팀이 결성되었다.

우리밥연대의 가장 큰 특징은 후원을 받지 않는다는 점이다. 이러한 사실을 알면 다들 놀라며 묻는다. 그럼 무슨 돈으로 밥을 하느냐고. 직장을 다니는 구성원들이 각자 사비를 털고 일손을 보태 "신기하고 희한하게" 굴러가고 있다고 답을 해준다. 요즘엔 차라리 식당에서 사는 게 싸겠다 싶을 만큼 물가가 많이 오르고 있는지라 김주휘는 대책을 강구했다. 활동 자금 마련을 위해 연잎밥을 팔고 반찬도 팔았다. 쿵곰은 9년째 월급날이면 칼같이 돈을 낸다. 돈을 내려고 우리밥연대에 들어온 회원도 있다. 우리끼리 알아서 하니 걱정하지 말라고 하자 세월호 유가족 경민이 엄마는 내가 그 우리끼리가 되겠다고 했다. 공식적인 후원금을 받지 않는 이유는 분명하다.

"우리밥연대 사람들이 대부분 다른 단체에 못 섞이는 성격들이에요. 사람이 좋은데 사람이 어려운 사람들이 우리밥연대에 있어요. 저희가 직장인이고 전문적으로 할 수 없는데 후원까지 받으면 일이 커진다, 부담스럽다 해서 우리끼리 한 달에 한두 번 할 수 있을 때 하자 했죠."

자본주의 언어도 막지 못하는 것

문제는 건강이다. 그를 만나는 의사들마다 이구동성으로 말한다. 이 몸으로 어떻게 살았느냐고. 의사의 권유대로 걷기 운동부터 서서히 시작했고 지금은 점핑 등 근력과 유산소 운동으로 체력을 키우고 있다. 어깨와 손가락 수술을 하고 나서는 일을 줄이기 위해 반찬 가게도 포장 배달 전문 방식으로 바꾸었다. 내 몸을 내가 돌봐야 한다는 생각에 과로를 낳는 구조를 개선하고 있다. 믿고 의지한 선배인 '십시일반 식사연대 밥 묵차' 유희 대표가 먼저 떠나는 걸 보았다.

"제가 곡성으로 이사 가기 전날에도 밥을 했어요. 그때 유희 쌤이 저를 꼭 안아주면서 그러셨어요. '아프지 마라. 우리는 동지들 밥해 먹이려면 아파서도 죽어서도 안 된다.' 유희 쌤이 췌장암이라는 걸 제가 SNS에 올렸어요. 유희 쌤한테 식재료 아무것도 보내지 말고 출동 요청하지 말라고요. 저한테 전화 걸어 까발렸다고 뭐라 하는데 제가 쌤한테 화를 냈죠. 나한테 아프지 말라더니.(눈물) 병원은 맨날 내가 가니까 내가 먼저 죽을 줄 알았지……."

고인이 된 유희는 말했다. 밥은 사랑이고 하늘이다. 김주휘는 말한다. 밥은 일상이다. 밥 연대는 사람들에게 일상을 되돌려주는 일이고, 그래서 내 몸의 통증을 잊을 만큼 기쁨이 강력하다.

"이게 마약이에요. 마약 중독자들이 못 끊는 거랑 똑같아요.(웃음) 내 자식도 아닌데 새끼 입에 밥 들어가는 것처럼 어쩜 이렇게 좋으냐고. 길게 생각 안 해요. 당장만 봐요. 단체방에 농성장 나왔대, 파업한대 하면 '언제 가니?' 딱 올라와요. 투사가 되지 않아도 될 사람들이 일상과 가족을 빼앗기면서 투사가 되어가는 모습을 보는 게 너무 가슴이 아프고 속이 상해서 힘을 보태려고 쫓아갔다가 도리어 그분들의 굴하지 않는 용기에 제가 받아 오는 힘이 어마어마해요."

남들은 걱정부터 늘어놓는다. 그 많은 양을 끓이고 튀기고 삶느라 힘들어 어쩌냐고, 몸을 좀 아끼라고. 행위의 고단함을 본다. 그런데 남들이 멀리서는 못 보는 것을 그는 가까이서 보고 느낀다. 거대 권력에 맞서 목소리를 내는 노동자의 당당함, 무엇이 인간다운 행동인가 질문하며 나아가는 의연함, 아무도 죽지 않는 안전한 세상을 만들고자 하는 유가족의 질긴 노력, 때때로 흔들리고 멈췄다가도 다시 나아가는 강인함 을. 인간을 인간이게 하는 면면을 '밥'을 사이에 두고 본다. 그렇기에 주저 없이 말할 수 있다.

"그분들에게 밥을 해드릴 수 있어 영광이었습니다."

가부장제 사회의 전통에서 밥 짓기는 여성의 일로 여겨진다. 그 역시 집에서도 아이들에게 밥을 해주고 연대할 때도 밥으로 싸운다. 혹여라도 고정된 성 역할을 수행한다는 저항감이 든 적은 없었을까. 그는 "없었다"라고 단호히 못 박는다.

"저는 3녀 1남 가운데 둘째예요. 가사 숙제로 덧버선 만들고 동정 다는 걸 아빠가 다 해주셨어요. 아빠가 해주는 음식을 가장 좋아했죠. 택시를 타면 아침부터 여자가 안경까지 끼고 있다고 재수 없다며 내리라던 시절인데 개의치 않게끔 아빠가 저를 아껴주셨어요. 제 자존감의 1000만 할이 아빠다. 책 열 권보다 여행 한 번이 낫다고, 말은 입으로 하지 말고 몸으로 하라고, 음식은 눈으로 반 이상 먹는 거라고 예쁘게 만들어주셨죠. 심장 마비로 돌아가시기 전날에도 참돔을 튀기고 그 위에 실고추 썰어서 고명을 곱게 얹어주셨어요. 밥은 여자가 꼭 해야 하는 그런 게 없었어요. 좋아하는 사람이, 잘하는 사람이 하면 된다."

1972년 경상북도 영덕 출생인 그는 가톨릭 집안에서 자랐다. 중2 때 다니던 성당 신부님이 광주 학살 사진전을 열었다가 경찰에 잡혀갈 위기에 처하자 신부님을 지키기 위해 초를 켜고 걸었다. 첫 시위의 기억이다. 이사를 가서 만나는 신부님도 하나같이 "빨갱이 하는 분들"이었다. 어릴 적부터 봉사 활동은 대단한 일이 아닌 일상이었다. 세상에서 내가 쓰임이 있는 것, 예쁘게 차려 먹는 것, 남이 오해하든 말든 나대로 사는 것이 그는 좋다. 그렇기에 '한 살이라도 젊을 때 돈을 모아 늙고 병들었을 때를 대비해야 한다'라는 자본주의의 언어는 돈이 되는 일이 아니라 돈을 쓰는 일에 단단히 꽂힌 그를 결코 막지 못한다.

우리밥연대 요리사

"노후 걱정이요? 제가 생각 꼬리가 짧아서인지 아직까진 노후를 고민해본 적이 없어요. 집도 통장 잔고도 가지려 애써 본 적이 없어서 막연한 생각으론 죽는 날까지 일하면서 좋아 하는 동지들과 좋아하는 음식 만들어 소주 두어 병 거뜬히 마 실 수 있는 삶이면 좋겠어요."

고백한 대로 그의 '솔 푸드(soul food)'는 컵라면과 팩 소 주다. 마치 커피와 빵처럼 같이 먹어야 제맛인 짜궁곰만의 세 트 메뉴다. 동지들이 길에서 가장 많이 먹는 음식이 컵라면이 고 우리밥연대 식구들도 라면을 다 좋아한다.

"1박 2일, 3박 4일로 밥 연대 갈 때가 있어요. 눈뜨고 밥 하기 전에 노동 강도가 높으니까 제정신에 하기는 쉽지 않아 서 아침에 컵라면 하나 끓여 소주랑 놓고 '노동주 마시고 시작 이다!' 하는 거죠. 그리고 저희는 밥하는 동안 음식 냄새를 계 속 맡으니까 밥을 아예 못 먹거든요. 동지들 드시는 동안 우리 는 컵라면에 소주 한 잔 딱 마시면 그때가 너무 좋죠. 또 해냈 구나!"

【 부기 】
김주휘는 2024년에 8000인분의 밥을 날랐는데 2025년에는 두 번의 손 수술로 3940인분의 밥밖에 못 했다고 아쉬워했다. 2025년 출동 횟 수는 21회, 택배로 보낸 반찬 연대도 27건이다.

배달 유니버스 안에서
우리는

배달 노동자
(이기중)

그럼에도 이기중은 오토바이로 음식을 실어 나른다.

'요아정' 같은 사치는 자중하고 조합비를 꼬박꼬박 납부하며

머릿속으론 시급 계산기를 가동하지만

자본의 시간에 잠식당하지 않고

삶의 시간을 되찾고자 한다.

국가라는 상상의 공동체를 지탱하는

민주주의를 위해 광장으로 간다.

이기중은 토요일 자정 즈음 밤을 꽉 채워 배달을 마치고 퇴근하는 길에 사고를 당했다. 오토바이를 탄 채로 넘어지면서 길가의 젖은 낙엽 더미에 왼쪽 무릎이 깔려 쭈욱 미끄러졌다. 지나가던 경찰이 119를 불러주었으나 그는 괜찮다며 툭툭 털고 일어났다. 집에 와서 보니 걸을 만했는데도 상처가 심각했다. 왼쪽 무릎에 표피층이 벗겨져 큰 구멍이 생겼다. 급하게 찾아간 응급실에서는 이 정도면 정형외과 의사가 꿰매야 한다고 했다. 몇 군데 병원을 돌았지만 의료 대란을 절감할 뿐이었다. 다음 날 겨우 만난 의사는 수술 비용으로만 200만 원쯤 든다고 했다. 어찌해야 할지 고민하다 번뜩 떠올랐다. '맞아, 나 라이더유니온 조합원이지!' 그는 서울 지부장의 안내로 라이더유니온 제휴 병원인 녹색병원에 사흘간 입원해 치료를 받았다. 병원비 할인 혜택이 주어졌고 휴업 급여가 나왔으며 산재 처리까지 일사천리로 이뤄졌다.

그로부터 40일 후 그는 오토바이를 몰고 인터뷰 장소에 왔다. 철갑 같은 헬맷과 검은 외투를 벗자 쨍한 파란색 티셔츠가 잘 어울리는 청년의 얼굴이 드러났다. 탁자에는 일명 '요아정(요거트 아이스크림의 정석)'이라 불리는 1만 6400원짜리 디저트가 놓여 있다. 직접 고른 메뉴다. 배달하는 동안 먹어보고 싶었지만 내 돈으로는 절대 사 먹지 않을 거 같은 음식이다. 요거트 아이스크림 위에 놓인 쫀득한 입자가 살아 있는 벌집꿀, 초코셀 토핑을 섞어 가만가만 첫술을 떴다.

"음, 예상을 크게 벗어나지는 않네요. 맛있어요. 맛있긴 한데 내 돈 주고 디저트를 주문해 먹는 것은 사치스럽다는 생각.(웃음) 돈을 허투루 쓰면 안 된다는 압박이 있어요. 이게 배달하기는 편해요. 아이스크림 종류는 매장에 가면 밀리지 않고 미리 포장돼 있거든요."

이기중이 배달을 시작한 건 구 의원 시절이다. '걸어 다니는 콜센터'라고 말할 정도로 현장을 누비며 지역구민을 만나고 민원을 듣는 게 핵심인 구 의원 의정 활동이 2020년 팬데믹을 계기로 뚝 끊겨버렸다. 팬데믹 이후 배달 수요가 급증한다는 기사가 보도됐다. 그는 진보 정당 정치인으로서 플랫폼 노동에 대해 알아보자는 마음으로 입직했다. 체험 삼아 시작한 일인데 뜻밖에 수입이 쏠쏠했고 전반적으로 나쁘지 않았다. 일을 차츰 늘려가다 라이더유니온에도 가입했다. 평소

배달 노동자

조합원이 되고 싶다는 소망이 있었기 때문이다. 지금껏 매달 2만 원씩 조합비를 낸다.

"제가 든 단체방은 배달의민족(배민)을 주로 쓰는 조합원이 150명 정도 모여 있어요. 배달하다가 스트레스 받는 일, 사고 난 일을 올려요. 그러면 노조 간부들이 다쳤을 때나 배달을 잘못했을 때 업체랑 문제가 생기면 어떻게 하라고 알려주죠. 예전에 기사가 난 적 있거든요. 라이더가 사고 났다고 콜센터에 전화했더니 음식 괜찮냐고 먼저 물어봤다고요. 제가 얼마 전 차에 부딪혀서 다치진 않았는데 배달할 음식이 다 엎어졌어요. 콜센터에서 몸이 괜찮은지 물어보더라고요. 바뀌었구나 했죠."

진보 정당 부대표에서 배달 노동자로

가장 흔한 사고는 배달 착오다. 라이더가 매장에서 픽업할 때 잘못 들고 나오기도 하고 주소지가 아닌 곳에 잘못 전달하기도 한다. 그럴 때 플랫폼 쪽에서 고객에게 시간이 걸려도 받을지 말지를 물어본다. 고객이 취소하면 라이더가 돈을 책임지고 음식은 인수한다. 그도 엉뚱한 집 앞에서 한 시간이나 주인을 기다리던 식은 피자를 회수해 집에서 데워 먹기도 했다. 소위 진상 고객과 충돌할 일은 별로 없었다. 의외로 사람보다도 지체 높은 아파트가 골칫거리다.

"주로 강남에 있는 아파트들로 라이더들 사이에서 '천룡인 아파트'라고 불리죠. 천룡인은 만화《원피스》에 나오는 특권 계급이에요. 아파트 지하 주차장 차단기에 '오토바이 출입 금지'라고 쓰여 있어요. 배달하는 데가 입구에서 가까우면 다행인데 멀면 걸어가기도 힘들고, 시간도 그만큼 낭비고요. 강남에서 천룡인 아파트에 3연타를 맞으면 마지막 세 번째 갔을 때는 막 성질이 나요. 왜 배달을 시키나 싶고요."

매장에서 3연타를 맞기도 한다. 가령 조리 완료 예정 시간이 끝도 없이 늘어져 십 분, 십오 분을 기다리면 라이더 입장에선 콜 하나를 놓치는 셈이다. 그런 매장을 세 번 연속 만나면 손해가 크다. 더군다나 팬데믹 이후 배달 단가가 떨어져 한 건에 최저 3000원 선이 무너졌다. 시간당 최저 임금이 나오기 어려워졌다. 배달 노동은 분 단위로 감정이 움직거리고 "끊임없이 수입을 확인하게 되는" 구조다.

"모든 시간이 돈으로 환산되는 느낌이에요. 시간당 수입이 적은 날은 이래서 최저 임금이나 나오겠나, 공쳤네 이러죠. 친구를 만나서 술을 먹어도 일하면 돈을 벌었을 텐데 술 마시면서 돈을 썼구나 하는 생각이 들어요. 그런 제가 싫을 때도 있어요. 플랫폼 노동의 장점이자 단점이죠. 언제든 일할 수 있어서 오히려 매 순간이 노동에 묶여 있는 느낌? 사람을 쥐어 짜는 방식이구나 싶어요."

어쨌든 그날그날의 소득에 너무 매이지 말자고 생각하지만 그렇게 다짐해도 어느 순간 매인 자신을 본다. 그럴 수밖에 없다. 왜냐하면 "정당의 부대표였는데 정당이 망했으니까".

이기중은 '라디오 천국' 세대다. 김현철, 이소라, 신해철

배달 노동자

같은 뮤지션이 진행하는 FM 라디오를 끼고 십대의 밤을 보냈다. 그들처럼 음악 하는 사람이 되고 싶었고 부모와 타협점을 찾은 게 작곡과였다. 1999년 대학에 들어간 그는 음대에 남은 '한 줌의 운동권' 선배들과 어울리며 학생 운동에 합류했다. 이듬해 경상남도 창원에 가서 민중 후보 권영길의 선거 운동을 했다. 당시 정리 해고를 당한 삼미특수강 노동자 300여 명이 합류하는 등 큰 사거리를 가득 메운 인파는 너무도 압도적이었다. 처음 '정치뽕'을 맞았던 순간이다.

"우리 후보가 그 많은 사람들 앞에서 발언하는 게 멋있어 보였어요. 진보 정당이 처음 나와서 사람들에게 동의를 얻어 나가던 때였으니까 당연히 잘될 줄 알았죠. 당에서 열심히 활동하는 사람은 국회 의원도 되고 금방 집권도 하고요."

그가 가진 전망은 노동과 자본 간의 관계에서 노동이 대등한 위치가 되는 사회였다. 정치인의 꿈을 키워갔고 F 학점이 쌓여갔다. 다섯 학기 만에 작곡과를 그만두고 다시 같은 대학 서양사학과에 입학했다. 생계 대책으로 노무사 자격증도 따놓았다. 2010년 구 의원에 처음으로 출마했다. "솔로들이여 힘냅시다"라는 익살스러운 구호가 새겨진 포스터의 주인공, 관악구 의원 후보 7번 진보신당 이기중은 두 번의 낙선 끝에 2018년 지방 선거에서 정의당 관악구의원으로 마침내 당선됐다. 그리고 6년 후 2024년 22대 국회에서 정의당은 원외 정당이 되었다. 그는 당 부대표직을 내려놓고 정치 은퇴를 선언했다.

"정치를 그만한다고 페이스북에 쓰고 나니까 많은 사람

들이 저한테 김대중도 은퇴를 번복했다고 하더라고요. 제가 당신들이 아는 은퇴 후 복귀한 정치인 누가 있냐, 모두가 아는 한 명뿐이다, 나는 한 명 더 있는데 손학규이고 끝이 좋지 못했다 했죠.(웃음) 정치인에게 은퇴는 없지만 돌아올 만한 상황이 있느냐 없느냐 같아요. 힘에 부치기도 하고 경제적인 문제도 있고요. 국민연금 직장 가입자가 되어본 기간이 기초 의원 4년뿐이었어요."

그가 생각할 때 진보 정치가 필요한 이유는 양당 정치 체제에서 다루어지지 않는 노동, 복지, 차별, 기후 같은 의제를 풀어내기 위해서다. 사회적으로 의미 있는 일을 하고 싶어 진보 정치를 택했지만 선거에서 당선되지 못한 상태로 지역에서 이런저런 운동을 하는 건 쳇바퀴를 도는 느낌이었다. 그런 시간이 길어지다 보니 점점 지쳐갔다.

"제 주변에 대학 때 운동 했던 친구들은 학벌이 좋으니까 전문직을 택하면서 나중에 당에 도움이 되는 걸 하겠다며 한동안 떠났다 오고 했죠. 그럴 때 저는 '그동안에는 누가 소를 키우냐, 나는 여기 있겠다'라고 생각했어요. 그런데 결국 전혀 성장하지도 못하고 소진된 느낌이랄까요. 선거는 계속 있으니까 항상 당장 올해, 내년에는 뭘 해야 하고 단기적인 것들에 매여 살았지 장기적인 전망을 갖고 준비하지 못했죠. 진보 정당에서는 구 의원 한 명도 당선이 쉽지 않지만 한번 하고 나서는 그게 그렇게 대단한 일이었나 허무한 감도 있어요."

최영미 시인은 〈선운사에서〉라는 시에서 노래했다. 꽃이

배달 노동자

피는 건 힘들어도 지는 건 잠깐이라고, 골고루 쳐다볼 틈 없이 잠깐이라고. 자연의 섭리와도 같은 허무의 감정도 생계의 압박도 그는 비로소 무겁게 느껴보는 중이다. 인생의 큰 목표는 없다. 그간 쌓여온 빚이 늘지 않도록 하기도 쉽지 않아서 전력으로 달려야 제자리에 있는 정도다. "마흔이 넘어서까지 대책 없이 살았으니 그걸 메꾼다"라는 마음으로 매달 수입과 지출을 기록하며 마이너스가 나지 않는 생활에 주력하고 있다.

열정과 탈진의 반복

이기중은 얼마 전 노무 법인에 취직했다. 자격증을 취득하고 10년의 공백이 있어 거의 수습 노무사처럼 일을 배우는 중이다. 노무사 수입이 배달을 그만둘 정도는 아니라 투잡을 병행해야 하지만 아직 눈비가 오락가락하고 빙판길도 있어 무릎 부상 이후 일을 본격적으로 재개하지 못한 상태다. 배달 라이더로 일하는 동안 깁스를 세 번 했고 발목이 접질리거나 무릎을 다치는 부상이 대여섯 번 정도였다.

"사실 한번 다치고 나면 이젠 좀 무섭거든요. 배달이 처음에는 할 만했어요. 오토바이 타고 다니면서 음악이나 라디오를 듣기도 하고요. 열심히 하는 날은 열두 시간 이상도 타는데 그냥 몸이 힘들어요. 온종일 운전하느라 긴장하고 몸에 진동도 있고, 더우면 더운 대로 추우면 추운 대로 집에 오면 기운이 다 빠지죠. 나중에 할 일 없으면 이거나 하지 했지만 몇 년 하다 보니까 나이 들어서 할 일이 아니구나 싶어요."

"배달이 누구나 할 수 있는 단순한 일이지만

또 우리 사회에서 없으면 안 되는

필수적인 일이 되었잖아요.

무슨 대단한 의미가 있는 일은 아니어도

내가 일을 하면 배달시킨 사람은 먹는 거니까,

딱 그만큼의 아주 정직한 노동 같아요"

그 역시 너무 지친 날에는 퇴근 후 주문 앱을 켠다. 종일 배달해서 번 돈으로 또 배달시켜 먹는 "배달 유니버스 안에 산다". 이런 농담 같은 상황은 그가 라이더라는 직업에 대해 갖는 깨끗한 긍지를 제공한다.

"배달이 누구나 할 수 있는 단순한 일이지만 또 우리 사회에서 없으면 안 되는 필수적인 일이 되었잖아요. 무슨 대단한 의미가 있는 일은 아니어도 내가 일을 하면 배달시킨 사람은 먹는 거니까, 딱 그만큼의 아주 정직한 노동 같아요."

정계를 은퇴한 5년 차 배달 노동자는 '내란의 시간'을 어떻게 보냈을까. 집회에 갈 일이 다시는 없을 줄 알았는데 "윤석열 퇴진"을 외치고 왔다며 웃는다. 근래 관악구를 떠나 마포구에 정착해 당원들과 집회에 나가고 집담회도 참석한다. 망한 정치도 정치니까. 정계를 떠났지 동지를 떠나지 않았으니까. 그는 여전히 정의당원이다.

"나라가 사람들의 믿음으로 만들어지는 거잖아요. 경찰이나 사법부가 어떤 일을 할 때, 어떤 법이 만들어졌을 때 이건 지켜야 한다고 다수의 사람들이 믿으니까 유지가 되지 그게 잘못된 거야 하면 유지가 안 되죠. 요즘은 거의 사회를 바꾸는 게 아니라 사회를 지키기 위해 정치하고 있는 것 같아요."

개인의 생애도 나라의 정치도 열정과 탈진을 반복하며 굴러간다. 인터뷰 중간 그는 '일'에 관해 말하던 중 모노드라마의 배우처럼 읊조렸다.

"나이 마흔 먹어도 인생이 재밌는 사람 있나요? 궁금할

배달 노동자

때가 있어요. 새로운 건 넷플릭스밖에 없고 뭘 봐도 예전에 겪은 것과 비슷하고 일은 돈을 버는 수단인 느낌이죠."

이 쓸쓸한 진실은 현대인에게 반박 불가다. 그럼에도 이기중은 오토바이로 음식을 실어 나른다. '요아정' 같은 사치는 자중하고 조합비를 꼬박꼬박 납부하며 머릿속으론 시급 계산기를 가동하지만 자본의 시간에 잠식당하지 않고 삶의 시간을 되찾고자 한다. 국가라는 상상의 공동체를 지탱하는 민주주의를 위해 광장으로 간다.

【 부기 】

2026년 3월 31일 고용노동부 장관이 최저임금위원회에 심의요청서를 발송했다. 이는 배달 노동자를 비롯한 특수 고용 플랫폼 노동자들이 3년 넘게 외쳐온 요구(시급급으로 최저 임금을 적용하기 어려운 노동자에게는 다른 방식의 최저 임금을 정할 수 있도록 한 조항)가 담겨 있다는 점에서 큰 의미를 갖는다. 고유가 시대에 오토바이 기름값과 보험료는 뛰고, 일감은 줄고, 배달료는 삭감되고 있다. 라이더유니온은 '기본 배달료 인상! 안전운임제 확대! 최저임금위원회는 기본 단가 보장하라'라는 세 가지 요구를 걸고 라이더화물 대행진을 위해 거리로 나선다. 해외 플랫폼인 우버이츠, 도어대시, 그랩은 고유가 상황에서 라이더에게 추가 배달료를 지급한다.

웃을 일은
먹을 때만 있었으니까

독립 연구 활동가
(심아정)

아담할 아(雅), 집 정(庭). 아담한 집.

집에 들어오는 사람이 편안하라는 뜻이 담겼다.

이름대로 그와 닿은 사람은 이전보다 편안해졌다.

밥의 위대함이다.

콘크리트같이 단단한 편견을 깨는 건

이론이나 설득이 아니라 무른 밥이었다.

심아정은 독립 연구 활동가다. 제도권 바깥에서 연구와 활동을 병행한다. 이를 위해 연구 용역을 1년에 여러 건 진행하는데 주제가 동물, 여성, 난민, 가해자성 등 백팩에 달린 알록달록한 배지처럼 증식하고 있다. "명함을 만들었다가 너무 사기꾼 같아서 안 되겠다"(웃음) 싶어 폐기했다. 자기소개가 어렵다는 사람. 그건 권력이 만든 카테고리의 분류에 갇혀 살지 않는다는 뜻과 통한다. 물릴 수 없는 바둑돌같이 작고 단단한 사건이 삶에 딱 놓이던 순간을 그가 래퍼의 속도와 리듬으로 풀어냈다.

　　2018년 서울시 마포구 문화비축기지에서 '베트남 전쟁 시기 한국군에 의한 민간인 학살 진상 규명을 위한 시민평화법정'이 열렸다. 조사 팀 간사를 맡은 그는 월요일마다 청년 연구자들과 모여 문서를 읽었다. 드디어 행사일이 다가왔다. 2박 3일간 참가자들의 도시락을 주문하려는데 스테이크 도시락에 문제를 제기하는 목소리가 나왔다. "살육과 학살을 문제 삼는 중요한 자리에서 몇백 명이 남의 살을 뜯어 먹는 건 기괴한 장면"이라는 거다. 동물권 활동가인 동료의 말을 듣고 나서야 생각이 거기까지 미치지 못했음을 인지했다. 부랴부랴 모두가 안전하게 먹을 음식을 찾아 백방으로 알아봤지만 당시만 해도 비건 도시락 300개를 수급하기가 쉽지 않았다. 종일 있어야 하는 참가자들에게 비건 김밥 한 줄만 대접할 수는 없었다. 찾아 헤맨 끝에 겨우 무를 졸여 만든 무스테이크 300개를 마련했다.

"수백 명이 도시락을 펼치는데 무가 주인공인 도시락은 겪어본 적 없는 거죠. 피곤한 참가자들이 기대하는 마음으로 메뉴 뭡니까 물어요. '무'라고 하면 실망한 얼굴로 밖에 나가서 먹고 온다고 그래요. 도시락이 너무나 많이 남았어요. 이런 거 바꾸는 것도 이렇게 힘들고 눈치 보이는구나 싶었죠. 근데 우리가 행정 편의를 위해 존재하는 게 아니잖아요. 역발상이 됐어요. 베트남 전쟁에서 이른바 국민으로 동원됐다가 법정에서 자기 피해를 주장하는 사람들이 있지만 그 카테고리에 들지 않는 존재는 법정에서 목소리를 못 내죠. 전쟁에서 동물도 많이 죽었고 소수 민족 피해자도 있었고요. 저는 나름 도시락에서 목소리가 나왔다고 생각해요. 도시락 때문에 입이 튀어나온 사람은 많았지만 저한테는 사건이었죠."

　　　　　　　　　　　　　　　　독립 연구 활동가

무스테이크는 그를 동물권으로 데려갔다. 그날 이후 도살장 등에 찾아가 폭력의 증인이 되고 기록하고 공유하는 비질(vigil)을 나가고 동물권 공부 모임에도 참여했다. 죽은 몸들이 마지막 한 방울까지 어떻게 처리되는지 알자 "내 몸이 쓰레기통 같다는 생각을 했다". 어릴 때부터 과자와 콜라를 즐겨 먹었다. 사람들이 치킨에 맥주 먹을 때 소주를 마시던 시기가 길었다. 특히 평생에 걸쳐 먹은 양을 따지면 "방 한가득 정도"는 채우고도 남을 만큼 젤리를 달고 살았다. 그런 식습관을 바꾸기가 쉬울 리 없었다. 수십 년째 치킨 냄새가 밴 몸이다 보니 가게를 지나가면 머릿속으로는 위화감이 들어도 자동으로 침이 고였다. 먹는 거라도 편하게 먹고 싶은데 식품에도 정치가 있으니 삶이 팍팍해졌다.

"종일 책상 앞에서 너무 바빠요. 활동을 많이 할수록 끼니를 못 챙기는 데다 밖에서는 비건이 먹을 게 없으니까 주먹밥을 만들어 다니다가 힘들어서 그만두고, 밥솥도 난민 신청자에게 주고, 누가 돌솥밥이 좋다고 해서 돌솥을 샀다가 포기하고, 사람들이 밥을 냉동해두고 그때그때 꺼내 먹으라는데 그랬더니 영원히 냉동되더라고요.(웃음) 언제 얼렸는지 기억도 안 나요."

주식은 과일이다. 모든 과일을 좋아하고 "비건이지만 채소를 안 좋아한다". 가장 즐겨 먹는 음식은 과일을 잔뜩 넣은 샐러드다. 거기에 호밀빵, 두유로 만든 라테를 곁들이면 최고의 밥상이다. 빽빽한 일과표에 밥상 차리는 시간이 들어간 건 동료들 덕이다. 일고여덟 명이 모인 동물권 공부 모임에서 각자 만든 음식을 가져와 나눠 먹었다. 나눌 때는 기분이 좋은데 준비할 때는 뼈가 부러지네 싶었다. 그러다 차츰 시간 쓰는 게 달라졌다. 누구는 회사 다녀와 힘들겠지 하는 동료를 위하는 마음이 생겼다. 직접 행동 모임에서 도시락을 담당했을 때 "나를 바꿔보고 싶었다". 모임 두 시간 전부터 주먹밥 싸고 과일 깎아 도시락 만들고 뭘로 구성됐는지 써서 붙였고 그 과정이 몸에 새겨졌다. 챙겨주는 마음이 챙겨 먹는 사람이 되게 했다.

아직 오지 않은 미래를 마중하다

심아정은 《난민, 난민화되는 삶》(갈무리, 2020)의 공저자로 참여했다. 그가 쓴 글은 "'국민화'의 폭력을 거절하는 마음: '난민화'의 메커니즘을 비추는 병역 거부와 이행을 다시 생각하며"라는 다소 긴 제목이다. 가령 군 입대를 거부하면 국가의 명령을 어겼다고 바로 감옥에 가듯이 국민이더라도 난민화되어 국민이 아닌 것처럼 여겨지는 사람이 있다는 문제의식에서 싹튼 글이다. 2년 반 정도 열심히 썼고 다행히 책도 잘 팔렸다. 공저가 나오고 한 동료가 물었다. "아정 쌤은 난민 친구가 없는데 어떻게 난민 책을 썼어요?" 비난조가 아니었고 지나가듯 한 말인데 왜인지 "그게 너무 박혔다".

이주 난민 판에서 제일 주목받지 못하는 사각지대를 찾아보니 화성외국인보호소였다. 다른 데는 이미 다들 열심히 활동하고 있어 굳이 필요성을 못 느꼈다. 그렇게 2020년부터 격주 수요일마다 그곳을 방문하는 '마중' 활동을 시작했다. '마중'은 미등록 등 다양한 이유로 보호소에 갇혀 있는 외국인을 조력하는 시민 모임이다. "쫓겨나는 사람을 배웅해야지 뭘 마중하나 했는데 아직 오지 않은 미래를 마중한다는 뜻이다." 면회실에서 아크릴 판을 사이에 두고 인터폰으로 최대 삼십 분까지 간단한 안부를 나누고 온다. 짧은 말벗이 되어준다.

"팬데믹 때여서 전화로만 이야기를 나누다가 8개월 만에 보호소에 갔어요. 제가 마스크를 내리니까 (외모를 보고) 실망하기에 피차일반이다 했죠.(웃음) 한번은 면회할 때 미안한 얼굴을 하고 있길래 왜 그러나 했어요. 고분고분한 분이 아니거든요. 면회 마치고 매점 사장님을 만났는데 제 이름을 달고 외상을 드셨다는 거예요. 제가 책도 보내고 '달달구리'도 보내줬거든요. 그분이 HIV 감염인이니까 건강 관리가 필요해서 곡물 과자를 넣어줬는데 먹고 싶은 게 따로 있었던 거죠. 칙촉을 정말 산더미처럼 먹었더라고요."

외상값은 2만 원이었다. 보호소의 한 끼 예산은 1700원. 터무니없는 가격이 책정됐다. 종교 식단은 더 끔찍했다. 매일 삶은 달걀이 나오기 때문에 오래 구금됐다 나온 사람은 삶은 달걀을 안 먹었다. 부실한 식사, 고립감, 두려움으로 인해 수감자의 80~90퍼센트가 우울증과 위장 장애를 겪는다. 그가 만난 사람 중에 가장 길게 있었던 경우는 4년 8개월. 보호소는 징벌 공간이 아니고 단기적으로 출입국 행정 편의를 위해

"뭐라도 같이 먹으면서 일상을 공유하면 편견이 깨져요.

사회의 편견이 아니라 제 편견이 깨집니다.

환대란 내가 뭘 주는 게 아니에요.

내가 있던 자리에서 내려오고 그가 주가 될 때,

주객이 뒤집어질 때 가능하죠.

그래서 내 자리를 뺏길 각오가 돼 있어야 해요.

저는 그게 나쁘지 않았어요.

한 번이라도 관계가 전복되는 건 달라요"

존재해야 하는데 현실에선 감옥으로 기능했다. 독방이 있다는 사실도 충격이었다. 일명 '새우꺾기'라고 불리는 가혹 행위나 고문이 벌어지는 인권 침해의 공간이기도 했다. 심아정의 물음이 갱신됐다. 보호소는 도대체 무엇을 보호하는 곳인가. 누가 난민인지가 아니라 어떻게 난민이 되는가로.

"화성외국인보호소는 법무부 산하 국가 안보 시설이에요. 외국인이 아니라 국경을 보호하고 있었죠. 국경은 첨예하게 모든 차별이 응축된 공간이에요. 우리가 사는 사회의 윤곽이라는 게 있잖아요. 윤곽은 바깥에 있는 선이죠. 제가 조력했던 성소수자, 전시 성폭력 피해자, HIV 감염인…… 난민은 우리 사회의 윤곽을 그리는 사람들이죠. 이들이 제대로 된 사회 구성원으로 인정을 못 받으면 국민도 못 받아요. 저는 점차적으로 개선한다, 나중에, 이런 말 안 믿어요. 가장자리에 있는 걸 바꾸면 저절로 안쪽도 좋아지죠. 저기도 바뀌는데 왜 우리는 안 바꿔주느냐 이렇게 돼요."

급한 불부터 껐다. 치료가 필요한 경우 1인당 100만 원까지 지원되는 녹색병원의 인권치유기금을 활용했다. 미등록 어린이들 예방 접종을 지원하거나 40일 이상 단식 투쟁을 한 난민 신청자 입원 치료비로 쓰기도 했다. 그와 '마중'의 첫 번째 면회자로 인연을 맺은 사람은 키가 2미터에 성품이 세심하고 꾸밈에 관심이 많은 멋쟁이 게이였다. 기저 질환이 있어 녹색병원에 동행했다. 검진을 무사히 마치고 재래시장에 국수를 먹으러 갔다. 꽤 무더운 여름날이었다.

　　　　　　　　　　　독립 연구 활동가

"떠나온 나라에서 식재료 도매상을 하던 분이거든요. 고향의 재래시장과 많이 다르지 않았나 봐요. 거기가 너무 좋은 거죠. 젓갈 가게에서 엔초비 같다고 하고, 토마토를 보더니 자기네 나라에서는 이만큼에 얼마다……. 이 사람이 이런 말을 하고 싶었구나, 나 힘들다 어떻다가 아니라 자기 일상을 말하고 싶었구나. 이분이 하는 말을 다 듣고 반성하면서 빨리 시원한 걸 먹으러 가자고 했죠. 뭐라도 같이 먹으면서 일상을 공유하면 편견이 깨져요. 사회의 편견이 아니라 제 편견이 깨집니다."

마중은 물결로 번졌다. 심아정은 다른 동료들을 규합해 'IW31 외국인 보호소 폐지를 위한 물결'이라는 직접 행동 모임을 만들었다. 난장을 벌이고 퍼포먼스를 했다. 먹고살 길이 없는 난민 신청자를 위해 난민 재판 응원단 30여 명을 꾸리고 십시일반으로 70만 원을 마련해 매달 보호소 밖에 있는 분들을 지원했다. 무릇 친구가 그러하듯 일방적으로 베풀기만 하는 관계는 아니다. 그가 청주에 찾아갔을 때 요리를 대접받기도 했다. 동물권이 뭔지는 잘 몰라도 비건 친구인 그를 위해 고기를 넣지 않고 만든 커다란 팬에 가득한 파에야. "그걸 대여섯 시간씩 만들어서 덩치 큰 사람이 와가지고 뚜껑 열어주는데 너무 좋았죠."

각국에서 온 난민 신청자들이 요리사로 등판한 '후원의 밤'도 잊지 못할 추억이다. 에티오피아 사람은 옷을 여왕처럼 차려입고 커피 드립을 하고 모로코 사람은 샌드위치를 만드는 등 각자 제 나라 백반을 선보였다. 그는 옆에서 일손을 거들었다.

"아정, 당근 잘라줘, 너 파 썰어줘. 그분들이 위축되는 모습이 아니죠. 환대란 내가 뭘 주는 게 아니에요. 내가 있던 자리에서 내려오고 그가 주가 될 때, 주객이 뒤집어질 때 가능하죠. 그래서 내 자리를 뺏길 각오가 돼 있어야 해요. 저는 그게 나쁘지 않았어요. 한 번이라도 관계가 전복되는 건 달라요. 난민이라고 해서 불쌍한 모습이 정말 아니고 옷도 잘 입어요. 저보고 옷 좀 사래요. 아정은 단체 티셔츠밖에 없냐? 뭐라고 해요. 나는 이 티셔츠가 열 장 넘어서 그래!(인터뷰 때도 아정은 '물결' 티셔츠를 입었다)"

국민 틀 바깥에서

때로는 난민 지원 활동을 하려고 모인 사람들의 호의가 권력의 비대칭성을 낳기도 한다. 그러면 그는 서운함을 안으로 삭이기보다 정확한 말로 최소한의 예의를 요구한다.

"처음에는 안된 마음이 너무 커서 안에 있는 사람 당장 빼주고 싶고, 모금하고 싶고 그랬어요. 근데 거기도 별의별 사람이 다 있어요. 이야기하다 보면 아래위 훑어요, 저 스캔하신 거예요? 아니래요. 그렇게 싸움도 많이 했죠. 그분들이 안에 있는 것도 힘든데 왜 큰소리치냐 하는데 제가 박차고 나온 적도 있어요. 'How are you?(어떻게 지내세요?)'도 없이 말하면 내가 고충 처리반이냐고 따져요. 저도 힘들거든요. 평소에 안부

독립 연구 활동가

도 안 묻다가 힘든 일 있으면 전화하는 그런 관계는 맺고 싶지 않다고 말하면 상대가 미안하다고 해요. 미안해해야 한다고 생각해요."

타인의 고통을 듣다가 간접외상증후군으로 전이돼 그는 3년째 심리 상담을 받고 있다. 상태가 안 좋을 때는 목소리가 〈이혼숙려캠프〉에 나오는 사람들처럼 시작부터 울먹울먹했는데 지금은 굉장히 좋아졌다. '물결'은 새우꺾기 고문 피해자가 국가를 상대로 한 소송에서 승소한 날 3년의 느슨한 활동을 마치고 해산했다.

심아정은 시인인 할아버지가 술에 취해 지은 이름이다. 아담할 아(雅), 집 정(庭). 아담한 집. 집에 들어오는 사람이 편안하라는 뜻이 담겼다. 이름대로 그와 닿은 사람은 이전보다 편안해졌다. 밥의 위대함이다. 웃을 일은 먹을 때만 있었으니까. 콘크리트같이 단단한 편견을 깨는 건 이론이나 설득이 아니라 무른 밥이었다. 생활이 섞이고 부대끼다 상처를 주거니 받거니 하며 자리가 뒤바뀌기도 하는 일상의 장이었다. 물론 단시간에 가능한 게 아니었다. 그는 대학 시절로 거슬러 갔다.

그가 새내기로 정치외교학과에 들어간 1991년 4월 신입생 강경대가 시위 도중 경찰의 무리한 진압으로 죽었다. "1987년 민주화 운동의 큰 물결이 조금 약화된 상태에서 아무런 문제의식이 없는 사람"으로 대학에 갔기 때문에 마음고생이 컸다. 1학기에 나이트클럽에서 놀다 학교에 가니 초상집

같았는데 그런 일이 있었다. 그해부터 다음 해까지 열 명 넘는 대학생과 노동자들이 분신을 했다. 그 시간을 힘들게 보냈다. 대학 생활을 마치고 일본으로 유학을 떠난 건 "도망"이었다. 광고 회사 등 열세 군데에 입사 지원서를 넣었으나 떨어졌고, 사회 운동을 열심히 하지도 않았고, 전공을 살리기에는 안 하고 싶은 일밖에 없었다. 대학 때 아르바이트한 돈을 모아 혼자 여행을 갔는데 이질감이 덜 드는 데가 일본이었다. 여기라면 안전하게 살 수 있지 않을까 싶었다.

그런데 유학생이라는 안전한 신분이었음에도 "국민이 아닌 불안"을 종종 느꼈다. 한번은 평소 인사를 나누고 지내는 경찰이 그가 친구와 한국말로 이야기하는 걸 듣더니 깜짝 놀라 대뜸 물었다. 당신 한국 사람이었느냐고.

"저한테 등록증을 보자고 하고 자전거 훔친 거 아니냐고 해요. 처음 본 것도 아니고 제가 술에 취해 자전거를 비틀비틀 끌고 가면 집까지 데려다주던 사람이 이렇게 어그러지나 싶었죠. 집에 따라와서 외국인 등록증을 확인했어요. 열불이 났어요. 저는 집에 신분증이 있으니까 두고 봐라 할 수 있지만 증명할 수 없는 사람은 얼마나 두려울까요. 너무 조마조마한 삶을 살 거 같아요. 제가 그런 일을 겪으면서 남의 나라에서 국민이라는 틀 바깥에서 일어나는 일들이 궁금해졌어요."

국제 정치로 박사 학위를 따고 15년 만에 한국으로 돌아온 그는 아카데미 안팎의 사람들과 교류하며 7년간 정치 철학을 공부했다. 오래전 삶에 떨궈진 '난민'의 씨앗이 책으로 잎을 피우고 난민을 만나는 활동으로 뻗어가다 이제껏 만나지 못했던 성소수자, 감염인, 전시 성폭력 피해자에게까지 닿았다. 3년 전만 해도 상상하지 못한 일이다. "피부가 벗겨진 사람처럼 귀가 얇다" 보니 자극도 많이 받고 줏대도 없는 편인데 의도치 않게 좌충우돌하면서 여기까지 왔다. 계획한 길이 아니었고 돌아보면 다시 못하겠다 싶지만 "동료들이 있어서" 할 수 있었다.

심아정은 지난겨울 6년간 활동해온 '마중'을 그만두었다. 지금은 트랜스보더링랩(Trans-border_ing Lab), 국제법×위안부 세미나 팀, 번역 공동체 '잇다'에서 활동하고 공부한다. 국제법×위안부 세미나 팀에서는 피해 목소리를 공부하는 게 아니라 '가해 병사들' 진술을 몇 년째 읽고 있다. 그러다 보니 사형제 폐지에도 관심이 생겼고, 느끼는 바가 많다.

"가해를 성찰할 기회를 줘야 해요. 죽이면 안 돼요. 사람이 변곡점이 있어야 해요. 시간을 주는 게 너무 중요해요."

그에게 배운 대로 적용해보자면 사형수에게 시간을 주는 사회는 나머지 사람에게도 시간이 주어지는 사회다. 남의 일은 없는 것이다.

인터뷰 다음 날 그는 일본으로 출국했다. 50년째 자전거를 타고 사형수 면회를 다닌 팔순이 다 되어가는 여성을 만나러 간다며 "나도 생생한 할머니가 되고 싶다"라고 포부를 밝힌다. 과연 생생한 일본 할머니는 생생한 할머니가 되고픈 심아정을 어디로 데려갈까.

죽기 전 남편의 마지막 식사는
김치김밥이었다

산업 재해 노동자 부인

(김영희   )

옛 어르신들 말씀대로

'혼자만 묵으면 도치기

노나 묵으면 부쳇님'이라면

영희는 부쳇님이다.

배우고 일하고 먹이는 일에

여한 없는 삶이다.

"영희야, 철수야 놀자 할 때 그 영희예요. 근데 철수가 없어서……."

김영희는 부산 사투리의 활달한 어조로 이름을 소개하다가 말끝을 흐렸다. 그러면서도 재빠른 손놀림으로 참외 서너 개를 깎아서는 접시에 소복하게 담아낸다. 단물이 밴 참외를 포크로 찍어 취재진의 입 가까이 건네는 와중에도 못내 아쉬움을 어찌하지 못하고 작게 탄식한다. "수박도 좀 사놓을 걸 그랬네. 수박이 없어서 우짜노."

한평생 짝을 이루어 살던 영희의 배우자 '철수'는 고 정순규 씨다. 2019년 10월 31일 부산시 남구 경동건설 아파트 신축 현장에서 작업 중 추락해 숨졌다. 제철 과일을 깎아놓고 무심하게 건네던, 40년 옆지기가 사라진 '영희'는 하루아침에 산업 재해 유가족이 되었다. 한국 사회에서 유가족이 된다는 건 바다 같은 슬픔에 잠기고 하늘 같은 분노에 휩싸이는 일이다. 사망 원인을 죽은 사람의 과실로 몰아가는 사용자 측과 질긴 싸움이 시작되고 사람이 일하다가 죽었는데도 기업은 벌금만 내면 그만인 잔인한 현실을 맞닥뜨려야 하니 가슴에 불길이 잦아들 날이 없다.

"남편 사고 나고 3년 동안 저는 제가 없다고 하고 살았거든요. 건강도 나빠지고요. 유일하게 마음을 기댄 데가 절이었어요. 울며 불공을 드리면서 부처님에게 의지했어요."

그리움에 목메는 날이면 유튜브로 법문을 들으며 마음을 달랬다. 절에 가 불공을 드리고 내려오는 길목에 자리한 납골당에 들렀다. 거의 매주 남편을 만나 하소연을 한바탕 풀어놓고 밤마다 베갯잇을 적시며 잠들었다. 그러길 어느덧 5년이 흘렀다. 이제 영희는 철수에게 차려준 마지막 밥, 그러니까 사고 당일 고인이 먹은 '마지막 김밥' 이야기를 눈물 없이 꺼낼 수 있게 되었다.

"남편이 새벽 5시 40분쯤 나가요. 그럼 저는 5시 10분쯤 일어나죠. 눈뜨고 바로 먹으면 입맛이 없으니까 가면서 먹으라고 김치김밥을 싸요. 밥에 참기름 넣고 맛소금 약간 뿌려서 김 위에 깔고 김치 한 줄 넣고, 게맛살이나 소시지는 있으면 넣고 없으면 패스. 김치를 꼭 짜서 넣죠. 거창 김치예요."

아는 형님이 경상남도 거창에서 사과 농장을 한다. 거창은 고랭지라 사과도 달고 배추도 달다. 농장이 한창 바쁠 때 김

산업 재해 노동자 부인

영희는 일손을 거들어주고 1년 먹을 김치를 얻어 오곤 한다. 그날도 세상 어디에도 없는 맛깔스러운 거창 김치를 길게 쭉쭉 찢어 넣고 김밥을 말아 새벽에 출근하는 남편 손에 들려 보냈다. 새벽에 일어나는 게 귀찮은 적은 없었다. 추운 날 나가는 남편을 보면 마음이 아팠다. 보온병에 물을 담거나 오미자 많이 나올 때는 오미자를 우린 차를 담아 김밥과 같이 챙겼다.

"마지막 날도 원래는 남편 출근길에 엘리베이터 앞까지 나가는데 그날은 제가 안 나갔어요. 그게 더 그래요. 다녀올게, 다녀오세요, 이런 거예요."

며칠 후 남편이 입던 옷과 신발 등 유품이 담긴 쇼핑백을 챙겨 오는데 안에서 달그락거리는 소리가 들렸다. 열어보니 기다란 플라스틱 김밥 통이 들어 있었다. 김밥은 남아 있지 않았다. 다 먹었다. 그나마 고인이 든든한 속으로 떠난 게 불행 중 다행이라면 다행이라고 해야 할까. 텅 빈 김밥 통을 보는 순간 영희는 눈물을 하염없이 쏟았다. 늘 말이라도 "느그 엄마가 해주는 게 젤 맛있다"라며 칭찬을 아끼지 않았던 남편, 항상 배우자를 존중해준 사람, 애들에게는 "느그 엄마 눈물 나게 하면 죽는다"라고 엄포를 놓던 다정한 그이 대신 락앤락 김밥 통만 돌아온 것으로 남편의 부재는 현실이 되었다.

일만 하다 죽을 거 같다는 말

남편과 음식에 관한 추억이 특히 많다. 정순규는 삼십대에 경상남도 양산에서 작은 공장을 5년간 운영했다. 기계를 옮기고 건물을 짓고 물건을 담는 용도 등 기계로 만들 수 있는 모든 것을 만들었다. 남편의 만능 손재주는 가족 나들이 장소인 섬진강에서 빛을 발했다. "큰 키에 몸은 빼빼하이 손이 거인처럼 커다란" 남편이 손으로 은어며 참게를 잡던 무용담을 김영희는 신나게 풀어놓았다.

"지금은 밭이 다 있어서 마음대로 못 잡는데 우리 애들 어릴 때만 해도 섬진강에 재첩이 많았어요. 옛날에는 재첩이 손만 넣으면 엄청나게 잡혔어요. 여자들은 재첩으로 음식하고, 남자들은 투망 던져서 은어도 잡고 피라미도 잡고요. 도리뱅뱅이라고 들어보셨어요? 새끼 피라미를 프라이팬에 동그랗게 돌려서 고추장 양념해서 싹 뿌려요. 그걸 구워 먹어요. 은어도 잡아서 바로 회쳐 먹고요. 남들은 못 잡는 참게도 손을 넣어서 잡아요. 하동에서 참게탕이라고 팔아요. 이런 큰 꽃게는 토종 게에 잽이 안 돼요."

해마다 남편의 친구네 가족과 일정을 맞춰 휴가를 즐겼고, 친구들과 시간이 맞지 않으면 가족끼리라도 가서 텐트를 치고 놀았다. 비가 오면 논두렁 밭두렁 고랑에 미꾸라지가 많았는데 남편은 미꾸라지가 어디에 있는지 훤히 알았다. 두 아이를 데리고 가 "발로 막 이렇게 하면 애들이 뒤에서 뜰채로 잡고" 토종 미꾸라지로 추어탕을 한 솥 끓여 먹었다.

그렇게 25년째 이어오던 가족 야유회는 손낚시 선수인 남편이 사고를 당하면서 흐지부지되었다. 두 아이는 여전히 온 가족이 섬진강에서 놀던 어린 시절을 되새기고, 섬진강을

산업 재해 노동자 부인

맨손으로 누비던 영웅 같던 아버지를 그리워한다.

"남편이 현장 일을 하느라 여기저기 많이 다니고 시골에서 살아놓으니까 촌에서 자라는 식물이나 나무 이름을 잘 알아요. 참옻이 있고 개옻이 있는데 참옻이 토종이고 진액도 많이 우러난대요. 명절 때나 애들이 집에 내려오거나 손님이 오면 손수 해줬죠. 옻을 예닐곱 시간 고면 노랗게 우러나요. 옻을 건져내고 폐닭과 함께 찹쌀을 면보에 싸서 넣고 푹 고면 국물이 진짜 맛있어요. 위장 안 좋은 사람한테 참 좋거든요. 해마다 한두 번 옻닭을 연중행사로 해줬어요. 어쩌다가 티브이에서 옻닭 먹는 장면이 나오면 남편이 억수로 생각나요."

고인은 IMF 외환 위기를 지나며 공장을 접고 어려운 시기를 보냈다. 뛰어난 기술자인 그를 찾아주는 곳이 없었다. 경력에 따라 오른 인건비가 취업의 걸림돌이 됐다. 연봉을 낮춰서라도 일하기로 마음먹고 2017년 들어간 회사가 JM건설이다. 하청 업체이다 보니 나라에서 주는 일도 하고 학교 일도 했다. 그는 베테랑답게 현장에 따라 모든 일을 척척 해냈다.

"그때는 남편이 하는 일이 힘들지 않았어요. 위험했지만 집 짓는 건설 현장처럼 위험한 건 아니었죠. 일을 하다 보면 일주일에 한 번 쉬기도 했죠. 설 쇠고 5월 지나서 경동건설 일에 들어갔죠. 아파트 짓는 일인데 사람을 쉬게 안 해요. 남편 몸무게가 60킬로그램이 안 나가요. 10월 12일이 마지막 여행이 되었는데…… 설악산 봉정암에서 내려오는 길에 목욕을 싹 해요. 근데 남편이 목욕탕에서 나오더니 몸무게가 5킬로그램이 빠졌대요. 제 생각에는 스트레스 받으니까 점점 빠진 거 같아요. 남편이 죽기 사흘 전인가 일 갔다 너무 힘든 모습으로 와서는, 내를 부를 때 승남이(큰딸) 이름 끝 자만 따서 남아, 남아 했거든요, '남아, 일만 하다 죽을 거 같다' 이랬던 게 기억이 나요."

매달 25일에 근로복지공단에서 유족 연금이 들어온다. 오후에 돈을 확인하면 그는 허공에 대고 "여보, 오늘 월급 들어왔어, 잘 쓸게요"라고 인사를 한다. 떠나기 전 이달에 생활비가 좀 부족하다고 흘러가는 말로 했더니 남편은 "좀 있어봐라, 다 된다"라고 했다. 유족 연금을 받을 때면 영희는 남편이 자주 한 그 말이 부쩍 떠올라 마음이 울컥한다.

매일 하루에 두 명이 일터에서 돌아오지 못하는 '산재의 나라'에서 고인의 죽음은 뉴스가 되지 못했다. 아들 석채가 나섰다. 미국에서 패션을 공부하고 와 유명 연예인의 스타일리스트로 일하던 생업을 그만두고 아버지의 죽음을 피해자 과실로 몰아가는 사용자 측의 행태를 알리기 위해 백방으로 뛰었다. 고인은 공사 현장 옹벽을 고르기 위해 4.2미터 높이의 임시 구조물(비계)에 올랐다가 추락했고, 제대로 갖춰져 있지 않았던 안전 통로와 발판, 추락 방지용 덮개는 사고 사흘 만에 보완됐다. 이 같은 사실이 '중대 재해 없는 세상 만들기 부산 운동본부'와 천주교 노동사목위원회의 도움으로 세상에 알려졌다. 업무상과실치사 및 산업안전보건법 위반 혐의로 기소된 경동건설 관리소장과 하청 업체 JM건설 이사는 징역 6개

산업 재해 노동자 부인

월에 집행 유예 1년을 선고받았다. 경동건설과 JM건설은 각각 벌금 1000만 원이 확정된 상태다. 하지만 원청인 경동건설과 하청인 JM건설은 그때부터 지금까지 유가족에게 사과 한마디 하지 않았다. 그는 2018년 태안화력발전소에서 일하다 24세 나이로 숨진 비정규직 노동자 김용균 이야기를 꺼냈다.

"용균이 사건이 사회적으로 이슈가 많이 됐잖아요. 저는 그때 부산에 있으면서 '저 젊은 아가 우짜겠노, 저리됐구나' 하면서 그냥 안타깝다고만 생각했어요. 근데 1년 있다가 용균이 엄마와 제가 같은 유족으로 만나는 걸 누가 생각이나 했겠어요. 산재 사고가 자주 일어나니까 사람들이 또 일어났네, 이렇게 돼요. 무감각해진다고 해야 하나 무뎌진다고 해야 하나. 그게 너무 마음이 아파요."

남편은 결혼할 때 나중에 꼭 대학에 보내주겠다고 약속했고, 영희는 늦둥이로 셋째 예림이를 낳고 아이가 어린이집 다닐 때 만학도 특별 전형으로 한 전문대 사회복지학과에 들어갔다. 스무 살짜리 동기들과 똑같이 강의에 맞춰 학교에 가고 끝나면 예림이 데려오고, 열심히 다녔다. 전문대를 졸업한 후 바로 방송통신대 교육학과에 편입해 학업을 마쳤다. 대학교 다닐 때 빼고는 뭐라도 했지 일을 쉬어본 적이 없다. 손녀를 돌보기 위해 서울로 올라오기 전에는 8년간 간호조무사로 일했다. 현재 요양 보호사로 짬짬이 일한다.

"어린이집에서 보육 교사로 1년 일하다가 비리가 너무 많아서 그만뒀어요. 원장이 애들 먹는 걸로 다 빼돌리더라고요. 사진 올릴 때는 어린이 식판에 밥도 국도 반찬도 소복하게 담는데 사진 찍고 나면 두부 한 모 가지고 80명이 나눠 먹어요. 그러고 나면 선생님들도 먹을 게 없어요. 집에서 멸치나 깻잎 반찬 가져와서 먹어요. 여기서 일을 못 하겠다고 때려치우고 예전에 간호조무사 자격증 따놓은 걸로 요양원에서 일한 거예요."

유족의 마음은 똑같다

김영희는 남편이 떠나자 생의 의지가 푹 꺾였다. 1년 내내 같은 바지만 빨아 입고 로션 하나만 바른 채 직장을 다녔다. 사고 싶은 것도 없고 먹고 싶은 것도 없고 "좋은 게 하나도 없었다". 요양원에서 어르신들 치매 검사나 우울증 검사지를 훑어보다 보면 거의 모든 항목이 자신에게 해당됐을 정도다. 보다 못한 아들 석채가 심리 상담을 권했지만 거절하고 "일로 삭였다". 그렇게 3년을 일에 파묻혀 버티다가 엄마의 건강이 심상치 않음을 알아챈 아들의 손에 이끌려 녹색병원을 갔다. 골다공증 진단이 나왔다.

"내 나이대에 나올 수 없는 높은 수치가 나왔대요. 주사 치료를 시작해서 7월이면 딱 1년이 돼요. 녹색병원에서 유족은 30퍼센트를 할인해줘요. 세상에 누가 유족의 아픔을 알아주나요. 산재 노동자 유족을 위한 병원이 있으니까 너무 감사하죠."

집에서 병원까지 지하철로 오가는 두 시간 동안 휴대 전화를 켜고 중요 업무를 수행한다. 먼저 포털 사이트 검색창에 '경동건설'을 검색하고 그 기사를 아는 사람에게 퍼 나른다. 기사가 많이 공유돼야 사건의 불씨가 꺼지지 않으니 클릭으로 관심의 불을 지핀다. 그리고 댓글을 단다. 댓글 창에 쓰는 이름은 이진실, 경동이, (사고가 난 동네) 문현동 등 여러 개다. 꼭꼭 눌러쓴 내용은 이렇다.

기업 살인을 하고도 너무나 뻔뻔한 경동건설 안전 관계자들, 지금 너무 좋아하고 끝났다고 생각하지 마세요. 언제일지는 모르지만 고 정순규 님의 진실 규명은 꼭 이루어집니다. 그때는 무릎 꿇고 빌어도 늦어요. 유족분들에게 지금이라도 용서를 비는 게 인간의 도리입니다.

아들 정석채는 한 매체와 인터뷰하면서 "청년 노동자에 비해 중장년 노동자의 죽음은 상대적으로 주목받지 못하는 현실"을 토로했다. 이 사안에 대해선 아내인 영희도 할 말이 많다.

"나이로 죽음을 차별하는 게 싫은 거예요. 어느 정도 살았으니까 아깝지 않을 거라는 생각은 직접 안 겪어봐서 하는 거죠. 겪어보면 그런 말 못 해요. 나이 들고 안 들고를 떠나서 유족 입장에서는 똑같아요. 죽음에는 차별이 없어야죠. 며칠 전에도 티브이 보니까 여든 살 할아버지가 산책하다가 사고를 당했어요. 보호자 아들이 아버지 죽음에 대해서 애통하게

"지금껏 나 자신을 위한 요리는 해본 적이 없고

가족을 챙겨야 한다는 거밖에 모르고 살았어요.

가족이 잘 먹으면 내 배가 부르죠.

애들 얼굴 보고 에너지를 받고,

음식도 애들 먹을 거 하다 보면

내도 먹으니까"

인터뷰하는데…… 그거 보면서 무슨 생각을 했느냐면 죽음은 나이와 상관없이 유족의 마음이 아픈 건 다 똑같다."

그는 인터뷰를 마치고 남편의 마지막 식사인 김치김밥을 말았다. 아쉽게도 거창 김치가 아니라, 하필 밥이 질게 돼 남편에게 아침마다 싸준 그 김밥 맛이 아니라고 몇 번이고 말했지만 잡곡밥과 톡 쏘는 김치가 들어간 사랑과 정성의 영희표 김치김밥은 썰기가 무섭게 사라지는, 자꾸 손이 가는 깊고 슴슴한 맛을 자랑했다. 이제 김밥 싼 걸 치우고 나면 학교에서 돌아오는 손녀를 위한 밥을 또 차려야 한다.

"지금껏 나 자신을 위한 요리는 해본 적이 없고 가족을 챙겨야 한다는 거밖에 모르고 살았어요." 그렇지만 영희에겐 그게 그거다. "가족이 잘 먹으면 내 배가 부르죠. 애들 얼굴 보고 에너지를 받고, 음식도 애들 먹을 거 하다 보면 내도 먹으니까."

취재진이 멀어지는 순간까지 거듭거듭 말했다. 다음에 꼭 "제대로 된 김밥"을 대접하고 싶다고. 옛 어르신들 말씀대로 '혼자만 묵으면 도치기(인색하고 인정이 없는 사람) 노나 묵으면 부챗님'이라면 영희는 부챗님이다. 배우고 일하고 먹이는 일에 여한 없는 삶이다.

산업 재해 노동자 부인

【 부기 】

2019년 10월 30일 부산시 남구 문현동 경동건설 아파트 신축 공사 현장에서 하청 노동자로 일하던 고 정순규 건설 노동자가 약 4.2미터 높이의 비계에서 추락하는 참혹한 사고가 벌어졌다. 2025년 9월 국회에서는 '정순규 방지법'으로 산업안전보건법 19조 일부 개정안이 발의되었다.

2부
짓는 사람

아픈 사람은 환자지만
아픈 몸을 말하는 사람은 시인이다

지하철 타는
'공생' 배우

배우
(이정은)

공생하는 이야기를 좋아하는 배우 이정은은

자기 삶도 공생의 드라마로 만들고 있다.

가볍고 철딱서니 없던 과거 나와의 공생,

의자를 내주어야 할 동료와의 공생,

매일의 삶을 꾸리며 세상을 떠받치는

무명씨들과의 공생.

배우 이정은은 스케줄이 없는 날엔 지하철을 탄다. 서울에서 나고 자랐으니 원래도 주된 이동 수단이었지만 얼굴이 알려진 이후에도 개의치 않는다. 비싼 주차 요금을 내야 하는 승용차에 비해 이점이 많다. 걷기로 건강도 챙기고 오가는 사람들의 면면도 자세히 살핀다. 사람들도 이정은을 본다. "어? 그 배우, 그 〈기생충〉……" 하면 "네, 접니다. 감사합니다"라며 인사하고 상대가 원하면 함께 사진도 찍는다. "왜 아무도 날 못 알아보지?"(웃음) 하는 날도 더러 있다. 아무려나, 그의 롤모델은 주윤발이다. "내 꿈은 행복해지는 것이고 보통 사람이 되는 것"이라며 슬리퍼를 끌고 지하철을 타는 이국의 배우처럼 그도 평범함의 궤도에서 이탈하지 않고자 한다.

일상의 중심을 잡아주는 건 일이다. 드라마 〈천국보다

아름다운〉을 끝냈고 영화 〈좀비딸〉이 곧 개봉한다. 요즘은 JTBC 드라마 〈백번의 추억〉을 찍고 있다. 맡은 역은 100번 버스 안내양(김다미 배우)의 엄마로 달고나 장사를 하며 아이들을 건사하는 억척스러운 인물이다. 배우는 배우는 직업이라 배우라고, 이번에는 달고나 만드는 법을 익혔다. 이게 마음처럼 쉽게 늘지 않았다. 최신 기구를 쓰면 달라붙기 일쑤이니 "탁탁탁 불 조절을 잘해야" 한다. 얼굴을 걸고 찍는 모든 일하는 장면이 그러하듯 달고나 장사도 "우습게 볼 게 아니다".

드라마의 배경은 1980년대로 합가해 사는 그의 부모님이 반길 작품이다. 어머니는 당신 젊었을 때 나왔지만 그때는 먹고사느라 못 봤던 드라마 〈아씨〉를 요즘 들어 챙겨 보신다. 노년층이 볼 만한 드라마가 귀한 시절에 임하는 작품이기에 그로선 더욱 뜻깊다.

"드라마에서 달고나집 한다고 하니까 엄마가 그래요. 아이고 난 뻥튀기 장사했다, 외할머니가 엄마한테 돈 벌어 오라고 했어, 딸들은 공부를 안 시켰다 그러시길래 제가 '원망이 많겠네?' 하면서 얘기를 듣는데 이게 다 연기 재료야. 너무 재밌어요. 엄마가 뻥튀기 팔고 과일 팔아서 청계천에 할머니 할아버지 집을 만들어드리고 시집을 갔대요."

그는 이런 이야기를 들을 기회가 또 없을 테니 기록 차원에서 남겨놓아야겠다는 판단이 들었다. 카메라를 사 엄마가 말하는 걸 찍기 시작했다. 처음엔 뭘 이런 걸 하냐고 쑥스러워하던 엄마가 이젠 카메라를 직접 든다. "우리 딸이 이런 걸 한

대요" 그러면서 막 찍는다.

"부모님이 해주는 이야기가 곧 저의 역사잖아요. 이제는 제가 부모보다 빨리 갈 수도 있는 나이가 됐고 저의 기원에 대한 생각을 많이 해요. 내가 어디서부터 왔나."

무명의 설움 아닌 노동의 역사

이정은은 1970년 1월에 태어난 '겨울 아이'다. 부모님은 동대문에 있는 구평화시장에서 옷을 파는 상인이었다. 평화시장 옷을 가져다 상표를 달아 백화점에서 팔던 시절 목 부분을 뗄 수 있는 트렌치코트가 히트해 그걸로 남매를 대학까지 공부시켰다. "아이들을 키울 때 엄마들은 촉이 발달하는 건가" 싶을 만큼 장사 수완이 좋았다. 그는 바쁜 부모 대신 할머니 손에서 컸다. 오빠랑 같이 과외에 가라고 내보내면 오빠한테 돈을 얻어 떡볶이집으로 새는 아이였다. 얼룩덜룩한 옥색 플라스틱 접시에 열 개 남짓 담겨 나온 떡볶이는 너무도 맛있었으니 그때부터 떡볶이는 '최애 메뉴'가 됐고, 떡볶이 취향은 더욱 섬세해졌다. 쌀떡보다 밀떡을 좋아하는 밀떡파, 떡보다 오뎅을 먼저 먹는 오뎅파, 파를 많이 넣은 오뎅 국물을 좋아하는 파파다. 무엇보다 떡볶이 국물에 튀김을 찍어 먹는 걸 제일 좋아하는데 튀김 중엔 단연 야끼만두를 꼽는다. "너무 고급진 거 말고 당면 넣고 튀긴 걸 청량리시장에서 사다가 쟁여놓고 집에서 해 먹어요." 부산이든 대전이든 지역에 갈 일이 있으면 꼭 그 지역의 떡볶이 맛집을 찾아가는 수고를 자처한다.

"어릴 때 먹던 떡볶이와 비슷한 맛"을 찾아 헤매는 것. 라디오에 얽힌 추억도 있다. 초등학교 4학년 즈음 영어 학습지 교재인 카세트테이프에 탤런트 김자옥이 나오는 라디오 드라마를 녹음해 듣다 엄마한테 들켜 혼쭐났다.

떡볶이와 이야기를 탐하던 아이가 배우가 되기로 마음먹은 건 고등학교 3학년 때다. 부반장 친구에게 학생 운동을 하는 대학생 오빠가 있었다. 이한열 열사가 최루탄에 맞아 숨졌을 때 부반장이 추모의 뜻으로 검은 리본을 달자고 했다. 그게 학교 측에 단체 행동으로 찍혀 반성문을 써야 했고, 부반장은 자퇴했다. 바로 옆 한양대학교에서는 날마다 데모가 일어났다. 지독히 맵고도 뜨거운 여름이 지나가고 가을 냄새가 올라올 무렵 열아홉 정은에게 큰 물음이 육박해왔다. '어떤 어른이 되어야 할 것인가.' 부모는 딸이 교사가 되거나 문학을 전공해 평탄하게 살기를 바랐으나 그는 생각이 달랐다. 세상에 기여하는 창의적인 일을 하고 싶었다. 그래서 입시 두 달 전에 정한 진로가 연극영화과다. 좋은 이야기를 퍼뜨리는 일이 곧 좋은 세상을 만드는 일임을 은연중에 간파했을까. 이는 33년 차 배우가 된 지금도 일에서 효력을 발휘한다.

"사람들이 살기 좋은 세상을 만들고 싶다. 추상적인 이야기 같지만 작품 선택할 때도 제 안에서 그런 점이 영향을 많이 미치는 거 같아요. 사람들에게 생각할 거리를 던져주고 가족이나 이웃과 같이 공생하는 이야기. 팬데믹 이후에 사람들이 정에 굶주려 있잖아요. 고립을 공생으로 바꾸는 이야기가 좋

배우

아요."

유튜브에 이정은 배우를 검색하면 '연봉 20만 원 무명 배
우가 칸에 가기까지'라는 종류의 영상이 인기다. 그가 1992년
연극 〈한여름 밤의 꿈〉으로 무대에 선 이래 가난한 배우로 살
아온 이야기는 업계의 전설로 회자된다. 방송에 데뷔하기 전
인 마흔 살까지 연기 지도, 녹즙 판매, 식당 서빙, 채소 가게
점원 등을 병행하며 이른바 '투잡'을 뛰었다. 채소 파는 가게
에서는 정규직 제안을 받을 만큼 열심이었고 소질도 있었다.
그러나 그가 구축한 노동의 역사를 단지 '무명의 설움'으로 여
기는 건 게으른 오해다. 어느 돈가스집에서 일할 때다. 후배
배우들이 왔다가 거기서 일하는 그를 보고는 대단하다며 안
창피하냐고 물었다. 그는 심상하게 말했다. "난 배우인데 창
피할 게 뭐 있어, 이러면서 배우는 거지." 삼십대에는 자존감
이 지금보다 훨씬 높았다.

"좋아하는 일을 하니까요. 틈나는 대로 생활비 벌고 연습
시간 확보하고 성실하게 사니까요. 내 돈으로 내가 벌어서 먹
고 내가 할 수 있는 일을 하는데 뭐가 부끄러운가. 그때는 나
안 쓰는 데 가서 고개 숙이지도 않았어요. 혼자서 강아지랑 살
때니까 생활비도 얼마 안 들고 철딱서니가 없어서 늘 당당했
어요. 요즘에는 가끔 고개도 숙이죠. 회사 식구들도 생겼고 부
모님도 연로하시니까요. 난 그래서 직장인들 이해가 가요. 가
장이면 그러지 못한다는 걸 알게 됐어요."

젊은 패기에 부모와 티격태격하다 독립했을 때 '100에

16(만 원)'짜리 번개 치는 집에 살면서도 행복하고 천국 같았다. 엄마는 딸에게 당부의 말을 건넸다. "너는 가난해도 집이 가난한 게 아니라 니가 나가서 고생하는 거니까 자존심 상해하지 말아라." 그로서도 스스로 자존감을 세우지 않으면 버틸 수가 없던 시절이다. 그렇게 내 일, 내 감정에서 물러서지 않는 것으로 자기 자신을 지켰다. 그로부터 십수 년이 흘러 이정은은 〈기생충〉의 국문광 역을 맡아 2019년 청룡영화상 여우조연상 수상자로 호명되어 눈부신 조명 아래 섰다. 그는 몸에 밴 의연함으로, 또 조금은 울컥한 음성으로 소감을 밝혔다.

"요즘에 제일 많이 듣는 말이 너무 늦게 스포트라이트가 비춰졌다고 말씀하시는데 저 스스로는 이만한 얼굴이나 이만한 몸매가 될 때까지 그 시간이 분명히 필요했다고 생각합니다."

〈기생충〉은 명예만 가져다준 게 아니라 배우로서 자세를 가다듬어준 뜻깊은 작품이다. 대본이 왔을 땐 이 좋은 작품에 혹여 폐가 되지 않을까 우려했다. 귀염상인 얼굴로 반전시키는 게 가능할지, 과연 그로테스크하게 보일지 걱정이 많았다. 결과는 성공적이었다. 귀여움과 서늘함이 공존하는 얼굴의 이미지 낙차는 훗날 두고두고 명장면으로 회자될 '인터폰 신'을 만들어냈다.

"저는 배우 부심이 강했어요. 배우가 진실하게 연기하면 다 바꿀 수 있다, 연극 무대에서는 청중을 좌지우지하는 게 배우의 라이브성이니까요. 영화를 하면서 연출력의 중요성, 그러니까 스태프들의 기술, 조명, 음향 등의 조합이 결국 어떤 성과를 만들어낸다는 걸 처음으로 느꼈죠. 내가 만족한다고 꼭 좋게 나오는 건 아니다, 현장에서 함께했던 사람의 공이 크다는 것. 〈기생충〉을 통해 협업을, 감독의 커다란 그림과 계획에 따라 작품의 질감이 달라질 수 있다는 걸 알았어요."

그에게는 잘 알려지지 않은 활동 이력이 두 가지 있다. 이정은은 녹색병원 홍보 대사다. 2022년 제안이 왔을 때 녹색병원이 원진레이온 산업 재해 피해자들의 재활을 위해 설립되어 직업병 전문 병원으로 발전해나갔다는 사실을 인지했고 "인권을 중요하게 생각하는 병원이 필요하다"라는 생각에 수락했다. 그 인연으로 병원장과 임원들이 촬영장에 의료 봉사를 오기도 했다. 그는 좋으면서도 이건 특혜가 아닌가, 더 혜택이 필요한 분들이 있을 텐데 싶어 송구했다. 그러나 배우도 일하다 다치고 아프고 죽기도 하는 엄연한 예술 노동자다.

이정은은 한국방송연기자노동조합 조합원이다. 탤런트 지부 소속으로 2024년 '탤런트의 밤' 행사에서 공로상을 받았다. "공로한 건 조합비 낸 거밖에 없다"라며 웃지만 수입의 1퍼센트를 조합비로 낸다. 우리나라는 미국의 배우 노조처럼 의무 가입이 아닌 선택 사항이라 노조에서 하는 일에 대한 정보나 인식이 미비한 상황이다. 그러나 그는 배우들을 위한 노조의 필요성을 절감한다.

"나는 위급한 상황이 안 오거나 자기 문제가 아니라고 생

"사람들이 살기 좋은 세상을 만들고 싶다.

추상적인 이야기 같지만

작품 선택할 때도 제 안에서

그런 점이 영향을 많이 미치는 거 같아요.

사람들에게 생각할 거리를 던져주고

가족이나 이웃과 같이 공생하는 이야기.

고립을 공생으로 바꾸는 이야기가 좋아요"

각할 수 있어도 우리 배우들은 로테이션이 돼야 하는 입장에 놓여 있어요. 어느 정도 수익을 창출할 때 노조비를 냄으로써 다른 사람에게 제공되는 복지가 결국은 나에게 이익이 된다는 점을 인식해야 할 거 같아요. 배우도 굉장히 큰 노동을 하고 있는 사람들이죠."

연극, 뮤지컬, 드라마, 영화 등 여러 장르를 경험하며 배우의 삶을 두루 목격한 그가 볼 때 배우의 흔한 직업병은 암과 우울증이다. 늘 선택받고 평가받는 직업이다 보니 "일이 없어도 스트레스, 인기가 있어도 스트레스"라 그것이 각종 암으로 정신 질환으로 드러난다. 배우로 사는 것은 초조와 불안을 다스리는 일이고, 연륜이 있다고 그 습격을 피해 가지는 못한다.

"저는 공연(연극)할 때는 불안하지 않았어요. 왜냐하면 연극 무대는 연습 기간이 긴 데다 한 작품을 마치면 잘 쉬고 다른 작품을 준비할 수 있기 때문이죠. 그런데 스케줄이 바빠지면서 제가 지금 뭘 하고 있는 걸까 의심이 생겼어요. 분명히 시작할 때는 명확했는데 한참 작품을 하다 보면 피로도가 높아져요. 쉬게 됐을 때 일주일은 너무 좋으면서도 근데 원 없이 작품을 했나 그런 의문이 들고, 그다음 대본들이 별로 재미가 없는 거예요. 차기작을 빨리 결정할 게 아니라 시간을 갖자고 생각했죠."

불안한 상념을 터놓은 그의 말은 체호프(Anton Pavlovich Chekhov)의 단편소설 〈공포〉의 한 장면과 겹친다. 주인공 실

126   배우

린은 저승보다 무서운 삶의 공포에 대해 말한다. "내가 가장 무서워하는 것은 진부함이에요. 왜냐하면 우리 중 어느 누구도 거기에서 벗어날 수 없기 때문이지요. (……) 오늘 나는 무엇인가를 하지만 내일이면 벌써 내가 왜 그 일을 했는지 이해할 수 없게 돼요"라고.

드라마 시장의 경쟁이 갈수록 치열해지는 상황에서 배우는 항상 새로운 모습을 보여주어야 한다. 그래서 "가장 피로할 때 가장 마음이 불안하다". 특히 지난 2024년이 그랬다. 영화 〈경주기행〉, 드라마 〈조명가게〉 등 작품을 여러 편 찍고 나서 올 초까지 침잠의 시간을 보냈다. 불안의 틈새로 비집고 들어온 '나이 듦'을 자각해야 했다. 주름까지 연기하는 듯한 얼굴로 그가 긴 대사를 쏟아냈다.

"앓이가 필요한 거 같아요. 나이 먹는 걸 수용하는 건 '뒤지게' 아프다. 곤란한 일이 많이 생기니까요. 소진되고 나니까 더는 보여줄 게 없지 않나. 다 털어냈다. 뭘 하지? 나이를 먹을 텐데. 그때 그 생각을 하게 됐죠. 나이 든다는 건 자리를 내주는 일이다. (잠시 침묵) 어떤 커피숍에 있어요. 즐거운 시간 보내고 나면 이 자리를 내줘야 다른 사람이 앉을 거 아니에요. 그래야만 평화롭고 건강하게 사회 활동을 할 수 있다고 생각해요. 불과 몇 년 전에 한창 행복할 때도 남의 작품을 많이 못 봤어요. 질투가 나서 칭찬이 안 나와요. 너그럽게 즐겁게 보는 마음이 잘 안 생기더라고요. 제가 여기 앉아 있어야 하니까 그랬던 듯해요. 부끄럽고 낯간지러웠죠. 그 자리에 있으려고 하는 마음을 버리자니 그게 아프죠. 근데 그래야 하는 거 같아요. 이 자리에는 다른 사람이 앉고 저는 제 일을 하는 게 중요해요."

모든 것이 공생의 드라마

흔히 배우라는 직업의 장점으로 다른 삶을 살아보는 것이라고 말한다. 신에게 귀속된 행위가 허용되는 직업이다. 이정은은 생활인으로서만이 아니라 배우로서도 주부, 판사, 생선 장수, 간호사, 가사 도우미, 영화감독 등 다채로운 직업의 세계를 누렸다. "무슨 연기든 쫀득쫀득하다"라는 작품에 달린 한 줄 댓글 평처럼 시청자는 그의 연기를 보고 직업에 대한 인식을 갖는다. 그는 그 점을 이용해 직업에 고정된 틀을 흔들고 싶다.

"제가 상류 계층을 할 때보다 저잣거리에서 만나는 생선 가게 주인 같은 직업을 연기할 때가 좋으신가 봐요. 저를 통해서 그 직업에 종사하는 분들이 자긍심을 갖는 건 감사한 일이죠. 한편으로 억울한 부분도 있어요. 변호사 역을 맡으면 실제 변호사의 특성을 관찰해서 따오거든요. 근데 제가 아무리 변호사를 리얼하게 보여드려도 안 믿어요. 변호사도 실제로 만나면 얼마나 우스꽝스럽게 말하는데요.(웃음) 생선 가게 상인은 시청자분들이 주변에서 흔히 보시니까 데이터가 많아요. 근데 전문직 같은 직업군은 오해가 많더라고요. 직업에 대한 고정관념은 정치와 문화의 결합에 의해서 만들어진 이미지라고 생각해요. 서민들이 쉽게 접근하지 못하는 직업군이 가진 고정된 이미지가 있는데 그걸 깨는 데 일조하고 싶어요."

이정은은 한때 '전대녀'라는 별명으로 불렸다. 2000년에 연극을 할 때 연출가가 도망가면서 제작을 떠안게 되었다. 급히 제작비를 마련해야 했다. 돈이 부족해 신하균, 우현, 지진희 배우에게 연락했고 셋 다 흔쾌히 내주었다. 당시 5000만 원이라는 큰돈을 빚으로 떠안은 그는 무려 13년에 걸쳐 채무를 완전히 갚았다. 그 시기 내내 돈 빌려준 사람들 명단과 금액을 적은 수첩을 전대에 넣고 다녔다고 해서 생긴 별명이다. 그렇게까지 한 이유는 두 가지다.

"갚으려는 마음을 잊지 않기 위해서고, 또 객사했을 때 이 사람들이 도움을 줬다는 사실을 알리기 위해서죠."

한 방송 예능 프로그램에서 소개된 '전대녀' 사연은 큰 화제가 됐다. 이정은은 "돈을 벌게 된 건 너무 감사한 일"이라며 돈에 대한 생각을 터놓았다.

"돈이 없을 때는 돈이 없다고 생각하지 않았는데 돈이 있고 나서는 돈을 많이 벌어야 하더라고요. 저는 우스갯소리로 명예를 쫓아갈래요 그래요. 좋은 작품을 하고 싶다고 생각하니까요. 남한테 아쉬운 소리 안 할 만큼만 벌어라, 그런 이야기가 도움이 됐어요. 안 하고 싶을 때 안 할 정도요. 근데 사실 빚을 다 탕감하고 나니까 목표를 잃었어요. 이제는 부모님이 편찮으시니까 가족을 위해서 돈을 벌어야겠다 정도? 아직은 돈을 모으기보다는 투자의 기간으로 두고 있어요. 뭐든 배울 수 있을 때 많이 배우려고요. 운동도 몸에 대한 투자, 건강에 대한 투자죠."

그는 운동을 한다. 행동은 불안을 이긴다는 말대로 멘털 관리를 위해서라도 더 열중한다. 주 2회 PT 수업을 받고 "치매 예방에 좋은" 방송 댄스도 배운다. 최근에 배우는 댄스곡은 미야오의 〈핸즈 업〉과 제니의 〈라이크 제니〉다. 내로라하는 춤꾼과 아이돌 멤버들이 참여하는 안무 챌린지에도 도전할 예정이다. 더 가벼워질 작정이다. 〈기생충〉 이후 얻은 것이 있고 잃은 것이 있다. 얻은 것이 "협업으로 얻은 명예"라면 잃은 것은 "가벼움이 사라지게 됐다"라는 점이다. 이걸 잊어버리면 안 된다며 기획사 식구들에게도 되뇌인다. "가벼워지자." 그래서 거리로 더 나선다. 카메라로 부모님만이 아니라 흥미로운 일상의 풍경을 담는다. 렌즈에 잡히는 것은 지하철 계단으로 내려가는 엄마와 아이의 뒷모습 같은 소소한 장면들이다.

이정은이 닮고 싶은 사진가는 비비언 마이어(Vivian Maier). 가사 도우미로 40년간 일하며 거리 풍경과 낯선 이들의 초상을 15만 장이나 찍었고, 사후에야 사진들이 발견돼 작가로 인정받은 인물이다. 이 대단한 사진가에게 자극받아 그 역시 사람 관찰기를 눈에만 담아놓지 않고 차곡차곡 모으고 있다. "너무 무의식적으로 카메라를 들이대다가 어느 날은 머리채 잡힐 수도 있다"라며 개구쟁이처럼 웃는다. 공생하는 이야기를 좋아하는 배우 이정은은 자기 삶도 공생의 드라마로 만들고 있다. 가볍고 철딱서니 없던 과거 나와의 공생, 의자를 내주어야 할 동료와의 공생, 매일의 삶을 꾸리며 세상을 떠받치는 무명써들과의 공생.

【 부기 】

이정은은 2025년 개봉한 〈좀비딸〉로 그해 춘사국제영화제 여우조연상을 수상했다.

지금 할 수 있는 것을
하자

싱어송라이터

(안예은   )

"이게 나야! 끝."

무대에 오를 때는 스스로 주입한다.

"세상에서 내가 제일 멋있어."

일상의 나와 무대의 나를 철저히 분리하기.

이것이 안예은이 안예은을 지키는 법이다.

나는 문어 꿈을 꾸는 문어,
꿈속에서는 무엇이든지 될 수 있어.

안예은이 짓고 부른 〈문어의 꿈〉 도입부다. 이어지는 가
사엔 동화 같은 장면이 펼쳐진다.

높은 산에 올라가면 나는 초록색 문어,
장미 꽃밭 숨어들면 나는 빨간색 문어,
횡단보도 건너가면 나는 줄무늬 문어.

꽃은 빨갛고 산은 푸르고. 이토록 선명하고 보편적인 삶
의 풍경이 2025년 3월 영남 지역 일대의 큰 산불로 암전되었

다. 굽이굽이 까만 잿더미로 변해버린 높은 산들, 그곳은 문어도 초록색이 될 수 없을 만치 참혹한 재난이었다. 지켜보는 사람들 마음도 타 들어가던 때 안예은은 재해구호협회에 1000만 원을 기부하고 입금 내역을 SNS에 올렸다. 그러자 짱 멋있어요, 얼씨구 좋다, 참 이쁜 문어라며 댓글이 달렸다. 2025년 연말에도 세이브더칠드런코리아, 한국심장재단, 전태일의료건립센터에 1000만 원씩 도합 3000만 원을 쾌척했다. 무슨 큰 이유가 있어서는 아니다.

"제 신조가 '무슨 생각을 해. 그냥 하는 거지'거든요. 김연아 선수의 말인데요. 제 것으로 흡수하자면 지금 할 수 있는 것을 하자."

그가 기부를 '내 할 일'로 여기게 된 출발점엔 한국심장재단이 있다. 안예은은 선천성 심장 기형으로 태어나 성인이 될 때까지 살 확률이 30퍼센트라는 말을 들었다. 그러나 다섯 차례의 심장 수술로 일상이 가능한 건강을 얻었다. 한국심장재단에 후원하는 일은 성인까지 삶을 건재하게 영위하는 어른 안예은의 미약한 보답이다. 세이브더칠드런코리아도 마찬가지. 그가 음악으로만 먹고살 수 있도록 사랑을 듬뿍 준 어린이 팬들에게 은혜를 갚기 위함이다.

"〈문어의 꿈〉은 어린이들이 좋아하는 노래인데 내가 뭘해야 이 친구들이 더 행복해질까"를 생각했을 때도 일단은 기부로 연결됐다. 세상에서 받은 사랑을 세상으로 환원하는 느낌이다. 또 하나의 기부처 노동자를 위한 병원은 시민 안예은의 선택이다.

"트위터를 오래 했는데 타임라인에 기부 인증이 계속 떴어요. 해야지 해야지 하다가 딱 눈에 들어올 때가 있잖아요. 바쁠 때라 캡처해 놓았다가 했죠. '다들 힘내'를 거꾸로 하면 '내 힘들다'잖아요. 다들 힘들지. 그래도 힘내자. 건강하게 밥 많이 먹고 파이팅입니다."

어려서부터 아버지가 들려준 근현대사 이야기, 중3 때 본 영화 〈화려한 휴가〉 등 그간 보고 들은 것들이 누적되어 세상 문제에 관심을 가지다 보니 자연스레 이체 버튼을 누르게 됐다. 그러나 뭐니 뭐니 해도 빼놓을 수 없는 기부의 동력이 있다며 눈빛을 반짝인다. 바로 "엄청난 가오!"다.

"전태일병원은 벽돌에 기부자 이름을 새겨주더라고요.(웃음) 반가웠던 게 팬분들이 언니랑 같이 병원에 이름을 새길 기회라서 참여했다고 해요. 제가 아이유 님이 기부하는 걸 보고 후원할 단체를 알게 됐거든요. 그랬기 때문에 저도 어디어디 단체에 기부했다고 외부에 알려요. 근데 이번에 기부하고 뉴스가 나간 걸 봤는데 제가 타이틀에 올라가 있고, 한편 아이유가 2억, 배수지가 1억…… 이렇게 나왔어요. 이거 바뀌어야 하지 않나요? 이분들이 '한편'에 계실 분들이 아닌데요? 너무 창피했거든요.(웃음) 멋있는 척하고 싶은데 또 막상 주목을 받으면 그렇게 멋있는 건 아닌 거 같아요. 두 마음이 충돌해요."

곡이 너무 좋아요가 더 좋아요

안예은은 9년 차 뮤지션이다. 열여덟 살에 작곡을 시작해 대학에서 이한철을 교수로 만나 본격적으로 공부했다. 홍대 라이브 클럽에서 아르바이트를 하며 음악의 꿈을 좇던 스물세 살, 오디션 프로그램 〈케이팝스타 5〉에 출연해 준우승을 차지하면서 대중에게 이름을 알렸다. 이후 정규 앨범과 EP를 각각 넉 장씩 냈고 대표곡은 "우리 집 기둥 첫째 〈홍연〉, 둘째 〈상사화〉, 셋째 〈문어의 꿈〉"이다. 안예은의 음악에는 오리엔탈 발라드, 목소리 자체가 한국 전통 악기, 이름이 곧 장르 등 다채로운 상찬의 수식어가 붙는다. 그는 언제나 자신을 "싱어송라이터 안예은입니다"라고 소개한다.

"제가 뭐 하는 사람인지 제일 짧게 드러낼 수 있는 호칭이에요. 싱어송라이터잖아요, 저는 송라이터(songwriter)에 좀 가까운 사람 같아요. 제 노래를 제가 다 썼다는 사실을 모르는 분이 많아요. 조금 아쉽죠. 모든 칭찬이 다 감사하지만 굳이 비교하자면 '노래를 너무 잘해요'와 '곡이 너무 좋아요' 중에서는 '곡이 너무 좋아요'가 더 기분이 좋아요."

스스로 연예인이라고 생각해본 적이 한 번도 없다는 그. 연예인이라는 말이 사람을 구분 짓는 느낌이 들어서다. 굳이 분류하자면 자신의 사회적 위치를 "예술업계 노동자"쯤에 둔다. 그래서일까. 인터뷰나 작업 영상에서 "우리 밴드 팀, 우리 편곡 팀"을 자주 언급한다. 주인공 의식보다 동료의식으로 일하는 뮤지션이다. 실제로 데뷔 때부터 합을 맞춘 멤버들과 지금까지 일한다. DSP미디어로 소속사를 옮긴 것도 5년째 함께 일하는 메이크업아티스트의 소개 덕분이다. 여러 동료와 함께 오래 일하는 비결이 있다.

"분위기를 망칠지도 모르는 이야기를 솔직하게 할 수 있는가? 음, 제일 대표적인 건 돈 얘기겠죠. '누나, 이번 공연 페이 너무 짜' 거침없이 말하고 맞으면 맞다 아니면 아니다 이야기할 수 있다면 건강한 관계라고 생각해요. 화두를 던지고 협상하고 조율하는 관계, 서로에 대한 믿음이 있는 거죠. 저희 밴드 팀은 10년 경력이고 연주를 깔끔하고 세련되게 해줘요. 만약 어그러진 연주들을 했을 때 제가 아닌 거 같다고 표정으로 말하죠. 다들 장의 의견을 최우선으로 해줘요. 밴드 팀원의 나이 분포가 1989년생, 1990년생 한 명, 1992년과 1993년생이 두 명씩 있는데 맏오빠 둘째 오빠가 저한테(안예은은 1992년생이다) 항상 존댓말을 써요. 예은 님 하고요. 그래서 자연스럽게 분위기가 잘 잡히는 거 같아요."

아마추어는 영감을 기다리고 프로는 작업을 한다는 말대로 그의 발길은 매일 작업실을 향한다. 일부러 '출근한다'라는 말을 쓴다. 그렇게 표현해야 "진짜 내 삶을 잃어버리지 않을 것 같다"라고 생각한다(하지만 작업실에 가면 일단 눕는다). 그리고 아무리 고되더라도 "바빠 죽겠다, 쉬고 싶어, 힘들어"라는 말을 입 밖에 꺼내지 않기로 했다. 말이 지닌 주술의 힘은 세니까. 매해 뮤지션이라는 직업으로 돈을 벌 수 있어 다행이고 감사하다고 느낀다. 규칙적으로 급여가 들어오

"제 신조가 '무슨 생각을 해. 그냥 하는 거지'거든요.

제 것으로 흡수하자면

지금 할 수 있는 것을 하자.

'다들 힘내'를 거꾸로 하면 '내 힘들다'잖아요.

다들 힘들지.

그래도 힘내자.

건강하게 밥 많이 먹고 파이팅입니다"

지 않고 "찾아주시는 만큼 버는 일"이라 바빠 죽겠다는 건 정말 좋은 일이다.

"많은 분들이 제가 부자인 줄 아는데 또래에 비해서는 직업의 특수성 덕에 잘 벌고 있지만 목돈 쓰는 건 기부금 내는 거랑 집에 세탁기 고장 나면 바꾸고 아버지 차 바꿔드리거나 평소에 친구들 술 사주는 정도죠. 쓰는 데가 없으니 잘 모여서 기부도 할 수 있어요."

모두 병들었는데 아무도 아프지 않았다는 이성복 시인의 유명한 시구는 부패하고 썩어가는 시대에 아프지 않음의 윤리를 되묻는다. 아픈 사람은 환자지만 아픈 몸을 말하는 사람은 시인이다. 안예은은 심장병 외에 아토피, 우울증이 있다. 자전적 에세이 《안 일한 하루》(웅진지식하우스, 2022)에 터놓았고 대중 강연 프로그램에 출연해서도 직접 공개했다. 인스타그램 계정에는 아토피 이야기를 아예 고정 게시물로 박아두었다. 그가 궁금해 들어온 사람이라면 먼저 눌러보게 되는 글이다. 어떤 경로로든 그의 질병 서사에 닿은 사람들은 조용히 술렁인다. 병이 있다는 사실보다 그걸 말하는 시적인 힘에.

"우울증이 사회적으로 가시화되지 않았던 5~6년 전부터 우울증 이야기를 기회가 될 때마다 꺼냈어요. '별일 아니니까 혼자 잘해봐'가 아니라 '병원에 가면 돼'라는 걸 알려주려고요. 우울증은 정말 사람마다 너무 달라요. 저도 치료를 받은 지 햇수로 7년 됐는데 우울증은 잘 보살펴서 같이 가야 하는 친구, 반려병이에요. 없앨 수는 없는 거 같고요. 하루에 열 번 난리를 치느냐, 아니면 두 달에 한 번 난리를 치느냐……. 일상생활이 가능해진 상태를 저는 '치료가 됐다'로 정의해요."

아토피는 어떤 중병보다 일상을 힘들게 하는 병이었다. 긁어서 생긴 상처를 가리기 위해 어릴 적부터 한여름에도 긴팔을 입고 꽁꽁 싸매고 다녔다. 그러다가 고등학생 때 지하철 광고판에서 흉터 연고 광고를 보는데 문득 반항심이 들었다. '왜 가려야 하지? 미적으로 예쁘다고 할 수는 없지만 굳이 가려야 하나?' 당연하게 여겨온 것에 질문을 던지자 더 이상 당연하지 않게 됐다. 즐겨 보는 만화에서 동류라고 느끼는 존재들을 만난 것도 주효했다. 거기엔 "흉터는 기본인 신체 결손 캐릭터들"이 당당하게 살고 있었다. 점차 수술 흔적과 아토피 흉터가 있는 몸이 다르게 감각되었다. "근거 없는 자신감같이, 이거는 굉장히 멋진 일이 아닌가"(웃음) 생각이 들면서 내 몸은 세상 어디에도 없는 나의 역사책이라고 말하게 되었다.

"10년 전 방송에서 팔을 화장으로 다 가려달라는 요청이 있었어요. 화장품으로 잘 가려지더라고요. 근데 제 팔이 아닌 거 같아 이질감이 들면서 오히려 받아들이게 됐죠. 이건 내가 아니다. 내가 왜 내 몸을 거부해야 하지? 정규 2집 타이틀곡 〈유(有)〉 뮤직비디오 때 아토피가 심하게 올라왔는데 감독님께 하나도 보정하지 말고 내보내달라고 했어요. 그걸 보고 팬들이 메시지를 많이 주셨어요. 언니 덕에 처음으로 민소매를 사봤다고요. 기분 좋은 책임감 같은 게 생겼어요."

호러숑 프로젝트는 계속된다

자기 몸과 화해하자 일터에서 꾸밈노동에도 자유로워졌다. 데뷔 초에 가수는 음악만 잘하면 된다는 생각이 강했다. 그런데 엄마가 조언했다. "공연장이나 방송에서 보는 사람을 위해 예의를 갖추어야 한단다." 그 뒤로 무대에서는 "얼굴도 바꿔 끼우고" 만약 보정이 꼭 필요한 경우엔 조율한다. 소속사에서도 아티스트의 결정을 전적으로 존중해준다.

문제는 악성 댓글이다. 예술업계 여성 노동자에게 가해지는 무지성 외모 평가를 그 역시 피해 가진 못하지만 그래도 담담하게 대응한다. 아니, 그러려고 노력한다. 댓글에 "'아줌마 같다'라고 쓰여 있으면 '어, 정답!' '못생겼다'라고 하면 '어, 그럴 수도!'"라며 마음속으로 대댓글을 단다. 초연한 건 아니다. 안 좋은 댓글이 두 개만 달려도 계속 생각나기 때문에 대체로 안 보는 편을 택한다. 그냥 평소 외모에 대한 생각 자체를 하지 않는다. "이게 나야! 끝." 무대에 오를 때는 스스로 주입한다. "세상에서 내가 제일 멋있어." 일상의 나와 무대의 나를 철저히 분리하기. 이것이 안예은이 안예은을 지키는 법이다.

책, 술, 콩은 그의 일용할 양식들이다. 보통의 어린이들이 콩을 골라내고 먹을 때도 안예은 어린이는 콩을 좋아했다. 크면서는 콩으로 만든 음식이 이렇게 다양하고 하나같이 맛있다는 사실에 매번 감동하는 사람이 되었다. 먹는 것을 누구보다 좋아하지만 정작 식사량이 많지는 않다. 그래서 나중에 돈 벌면 이렇게 하고 싶다는 크고 구체적인 꿈이 생겼다. 식당에 친구 여섯 명을 데려가 내가 먹고 싶은 메뉴만 주문하고 내가 계산하기. 다 골고루 맛보기 위한 계획이다. 또한 "한 손에는 술잔, 다른 한 손에는 책"은 그가 그리는 행복의 이데아다. 책과 술과 벗에 대한 사랑이 넘치다 못해 친구들 사이에서 "책 읽으라는 잔소리로 술주정하는 애"로 통하는 별종이 됐다. 관에 갖고 들어가고 싶은 책은 미국 소설가 셜리 잭슨(Shirley Jackson)의 단편집 《제비뽑기》(엘릭시르, 2014)다. 고딕 호러 장르를 제일 좋아하고 여성 작가 글을 주로 읽는 편이다.

꾸준한 독서력은 상상력이 되어 그만의 독보적인 스토리텔링 음악으로 폭발한다. 안예은의 특허가 된 '호러송 프로젝트'도 그중 하나다. 꽃의 설화를 바탕으로 만든 〈능소화〉, 호랑이에게 물려 죽은 귀신 이야기 〈창귀〉〈홍련〉〈쥐(RATvolution)〉 등 '귀로 듣는 납량 특집곡'을 2020년부터 매해 여름 발표한다. 소리가 자아내는 원초적 공포에 압도된 팬들은 이런 댓글을 남긴다. 작사 안예은, 작곡 안예은, 편곡 안예은, 노래 안예은, 천재 안예은.

"편곡 팀에서 호러송 역사를 만들자고 해서 올해도 시리즈로 하려고요. 한국 귀신들은 서사가 비슷해요. 사연이 있고, 억압된 한이 있고요. 그래서 작년에는 아무 사연도 없는 〈가위〉라는 노래를 냈죠. 이번에는 오히려 가사가 몇 개 없고 소리 쪽으로 사운드 디자인을 해보자고 했어요, 마치 현대 미술처럼요."

곧 안예은의 다섯 번째 EP가 발매된다. 이번 앨범엔 '안녕'이나 '내일 또 봐' 같은 일상적인 언어에 대한 생각을 곡으로 표현했다. 예술 노동자 안예은의 꿈이자 계획인 "음악이 직업인 삶"은 계속된다.

내 몸에
관대해지는 일

타투이스트

(황도)

신체발부 수지부모(身體髮膚 受之父母)를 주장하는

부모의 벽을 넘어, 33년 불법의 벽을 넘어,

터부시하는 편견의 벽을 넘어

자기다움을 잃지 않고

쓰러지지도 않고 살아온 날들의 흔적이 타투로 남았다.

이 좋은 타투를 황도는 모두에게 권한다.

서울시 영등포구에 위치한 타투 스튜디오 '잉크트월'은 타투이스트 황도(황수경)의 일터다. 무대처럼 널찍한 바닥에 날렵한 조명이 딸린 검정 침대 여섯 개와 전신 거울이 두 군데 놓여 있다. 공간의 신비로운 분위기는 통창이 담아내는 종일 변하는 하늘로 완성되는데 특히 해 질 녘이 아름다운 '노을 맛집'이다. 여기서 어느덧 사계절을 보냈다. 홍대 앞에서 개인 스튜디오를 운영하며 "갈라파고스" 섬처럼 고립돼 지내던 그가 이곳 동료의 작업실로 옮긴 게 1년 전, 그즈음 타투유니온 사무장도 맡았다. 타투이스트 경력 10년 만에 스스로 만든 큰 변화였다.

"직업 뭐냐고 물어봐서 타투 한다고 하면 다들 놀라요. 머리도 이렇게 볶은 게 최대한 강하게 문신하는 사람처럼 보이려고요.(웃음) 옷도 올블랙만 입어요."

　가만가만한 목소리와 순한 인상은 타투의 또렷하고 강한 이미지와 낙차를 만들어낸다. 실제로 이십대 초반 무렵엔 타투에 대한 인식이 부정적이었다. 목덜미에 눈꽃 문신을 한 친구를 보고 그거 안 지워지는데 괜찮냐, 부모님한테 안 혼나냐고 물었을 정도다. 그때 친구가 무심하게 말했다. "예쁘지 않아? 내가 좋아서 했어." 친구의 대답은 문화 충격이었고 속으로 자책의 말을 삼켜야 했다. '또 시골 애 티 냈구나……'

　나고 자란 곳은 경기도 이천이다. 수능을 친 날까지 '통금'이 오후 6시였을 만큼 부모님이 엄했다. 그림을 그리고 싶었지만 불문과에 진학한 것도 교사나 공무원이 시집을 잘 간다고 믿는 어머니의 압박에 못 이겨서다. 어쨌거나 홍대 앞에서 자취를 시작하는 바람에 '꽉 막힌 애'는 알을 깨는 나날을 보내게 되었고, 망한 연애 후 안전 이별을 위해 국경 넘어 떠난 여행은 그 정점이었다.

　"인도에서 온몸에 문신이 있는 사람을 만났어요. 겪어보면 그냥 사람이더라고요. 거칠고 우악스러운 게 아니라 말이 잘 통하고 배울 점도 많고, 생각보다 여리고 아기자기한 걸 좋아하고요. 여행지에서 위험한 일이 벌어져서 나가보니까 깽판을 치는 사람들은 문신이 없고 문신한 양아치 같은 사람이 막 그들을 말리면서 정의의 사도 역할을 하고 있었어요. 도대체 무슨 상황이지? 문신 없는 사람이 더 위험할 수도 있구나!(웃음) 그런 생각을 처음 했죠. 문신이 있다는 이유로 겪어보지도 않고 사람을 판단하면 안 된다는 걸 천천히 오래오래 체득했어요."

몸과 화해하기

인도에서 보낸 6개월은 타투만이 아니라 자신에 대한 선입견도 깨주었다. 그는 교사와 맞는 사람이 아니라는 걸 깨닫고 임용 고시 생각을 완전히 접었다. 장차 무엇을 해야 할까 고민 끝에 떠오른 게 타투다. 인도나 중동 지역에서 많이 쓰는 전통 염색인 헤나를 했을 때 타투도 잘할 거 같으니 한번 배워보라는 말을 들었는데 그 말을 붙들어보기로 했다. 블로그를 검색해 타투이스트 노야(김병수)를 찾아갔다. 그때까지 몸에 타투가 없었다. 타투 하나 없이 타투이스트가 되겠다며 찾아온 어지간히 소심한 황도에게 '사부'는 첫 타투를 선물했다. 손목에 새긴 '새벽 4시'.(나중에 가수 십센치의 〈새벽 4시〉라는 노래가 나오는 바람에 십센치의 팬이냐는 질문을 자주 받지만 그가 '원조'다.) 이건 황도의 청춘을 적신 장마 같은 단어다.

이십대 초반에 밤마다 음주 산책을 하며 새벽 4시까지 깨어 있었다. 식이 장애로 인해 막 먹거나 못 먹어서 체중이 10킬로그램 넘게 빠졌다. 세상 기준으로 날씬한 몸이 되고 나니 주변의 대우가 180도 달라졌는데 집에서도 학교에서도 예뻐졌다는 말을 들었다. 그러자 모자랐던 인정 욕구가 채워지고 쾌감이 들었다. 계속 말라야 한다는 강박에 거식증과 폭식증을 2년 넘게 반복하던 어느 날 홍대입구역 인근 동교동삼

거리에서 쓰러지고 말았다. 이렇게 살다가는 죽을 수도 있다는 위기감이 들었고, 허물어진 몸을 회복하는 과정에서 문신을 만났다. "문신을 몸에 가진 사람이 몸을 대하는 태도"는 하나같이 당당했다. 거기에 매료되고 물들어가며 황도도 자기 몸을 있는 그대로 받아들이게 됐다. '몸과 화해하는 계기'로써 문신의 아름다움에 눈떴다.

황도는 파인라인 타투이스트다. 아주 가는 선으로 이루어진 섬세하고 정교한 스타일의 타투를 한다. 용도 그리고 꽃도 그리고 새도 그리는데 특정한 화풍을 추구한다기보다 바늘의 압력과 잉크가 스미는 과정, 그리는 행위 그 자체를 좋아한다. 타투 하나를 완성하는 데 보통 네다섯 시간이 소요된다.

"손님의 이야기를 듣고 거기에 따라 도안의 위치를 맞추고 문신을 할 때 굉장히 도파민이 돌아요. 제가 내향인이라서 사람 만나는 게 어려운데 문신할 때는 집중이 잘되고 말도 잘해요. 내가 정말 이 일을 좋아하는구나 느꼈죠. 남의 몸에 낙서하는 거 너무 신나요."

주 고객층은 삼사십대 여성이다. 작업자마다 자기를 닮은 고객이 온다는 '끼리끼리 원칙'은 타투 업계에도 통용된다. 황도한테는 타투 안 하게 생긴 사람, 진한 사연이 있는 사람이 주로 온다. 한번은 친구와 둘이 새와 새장을 그리고 간 손님에게서 몇 년 만에 연락이 왔다. 친구가 세상을 떠났다고, 친구를 기억하기 위해 별을 그려 넣고 싶다고 했다. 손님도 울고 그도 울었다. 이런 사연처럼 타투 하러 온 이들은 인생의 중요

타투이스트

한 기점이나 의미, 좋아하는 것들을 새기기 위해 소박한 자서전을 쓴다. 황도는 기꺼이 독자가 된다. 어릴 때부터 두루두루 읽은 책들이 도움이 됐다. 손님과 무슨 얘기를 해도 얼추 공감대가 생기고 라포르가 잘 형성되는 편이다.

"어느 날 상담 메시지가 왔어요. '황도님, 제가 80~90킬로그램 정도의 몸인데 타투를 받아도 되나요?' 눈물이 났죠. 몸에 대한 자존감이 낮다며 나중에 사진 찍는 걸 걱정하시는 거예요. 그때 한창 인스타그램에 타투 한 예쁜 몸 사진을 올리는 게 유행이었거든요. 그래서 문신 위주로 찍으면 되고 그림이 중요하다고, 이걸 계기로 달라지면 좋겠다고 말씀드렸죠. 문신이 있으니까 내 몸도 괜찮아! 나도 문신할 수 있어! 문신은 본인 몸에 관대할 수 있는 포인트를 갖는 일이죠."

미국의 페미니스트 록산 게이(Roxane Gay)의 말대로 문신은 내 몸에 내 힘을 행사하고 내 몸의 주인이 되어보는 체험에 가깝다. 그는 실제로 손님들의 변화를 목격한다. "안 하던 걸 해본 사람"이 보여주는 열정의 속도는 무서울 정도다. 처음 시작이 힘들지 벽을 한번 넘고 나면 몸의 빈자리만 보인다고 한다. 그에게는 돈 벌 기회이기도 하지만 일단 만류한다.

"본인 취향이 바뀌어서 나중에 큰 그림을 하고 싶을 때 예쁘게 들어갈 자리가 없을 수 있거든요. 몸이라는 도화지는 한정적입니다."

타투는 신나는 낙서이면서 외로운 투쟁이었다. 타투이스

트 데뷔 3년이 지나서야 그는 부모님께 정식으로 털어놓았다. 고객들로부터 타투가 삶에 긍정적인 영향을 주었다는 피드백을 꾸준히 들으면서 믿음이 쌓였다. "그래, 엄마 걱정처럼 내 일이 너무 안 좋은 일은 아니구나." 부모님을 뵈러 가는 길에 200만 원이 든 두둑한 현금 봉투를 준비했다. 그걸 뇌물처럼 바치며 선언했다. "저, 문신합니다." 예상대로 부모님은 왜 시집은 안 가고 그런 길을 가냐, 공무원 시험을 다시 준비하라고 여전히 성화지만 그래도 한 걸음 물러섰다.

"엄마가 그러세요. 네 몸에만 하지 마라.(웃음) 전 이미 했는데……. 어머니가 친구분들한테 '내 딸 문신해'라고 말하기가 창피했나 봐요."

전 세계적으로 타투는 합법적 예술 행위로 인정받는다. 다른 문화 예술 분야처럼 K타투의 위상도 최고 수준이다. 그런데 정작 한국에서는 현행법상 비의료인의 문신 시술이 불법으로 간주되다 드디어 2025년 9월 25일 국회에서 문신사법이 통과됐다. 현장에서 역사적인 가결을 지켜보던 황도는 감격의 눈물을 흘렸고, 언론과 한 인터뷰에서 소감을 밝혔다.

"이제 제 직업도 법 테두리 안에 들어간다는 안도감, 잘못을 바로잡기까지 33년이 걸렸지만 그래도 결국 해냈다는 성취감으로 가슴이 벅찼어요. 이게 정말 되는구나."

타투 노동자들이 조직된 힘으로 5년간 싸워 이룬 성과다. 세계적인 타투이스트 도이(김도윤)가 동료들과 나서 화학섬유노동조합 산하 타투유니온 지회를 결성했고, 황도는 이

타투이스트

듬해 노조에 가입했다. "조합원이 되면 법제화가 빨리 되려나" 하는 기대가 있었다. 불법이다 보니 변심한 고객들의 신고와 협박에 시달리는 동료가 많았고 자살로 이어지기도 했다. 도움을 청할 길은 노조뿐이었기에 절실했다. 실제로도 보호막이 하나씩 생겼다. 고객에게 받는 '작업 동의서' 표준 양식도 노조가 만들었다. 또한 전태일 정신에 입각해 타투 노동자들의 편에서 '감염관리지침'을 만들어준 녹색병원과 협력해 타투유니온은 '사단 법인 그린타투센터'를 세우고 문신사 위생 교육을 시행하는 등 불법 시술이라는 낙인을 지우기 위해 노력했다. 현재 조합원은 700명 정도로 이십대가 대부분인 MZ 노조다. 황도가 사무장이 된 지는 1년, 그의 일상에도 잔잔한 활기가 돌았다.

힘내서 노조 하세요

"제가 소심해서 아는 사람이 없었거든요. 10년 동안 들은 말이 '황도는 주변을 너무 멸균실처럼 만들려는 경향이 있다'였죠. 그런데 노조 일을 하고 다양한 타투이스트들을 보면서 많이 바뀌었어요. 이 사람이 어떤 성향이고 어떤 말을 해도 일단은 들어주고, 사람을 판단하지 않고 최대한 호의적으로 대하고 이해해보려고 노력해요."

민주노총 수도권 지부 동지들에게 시위하는 법, 회의 진행하는 법도 배운다. 혼자 스튜디오를 운영할 때와 달리 다양한 사람들과 어울리고 대화하다 보니 급격하게 사회성이 길

"일생에 단 한 번도 소수성을 가진 적 없는 사람이

문신을 했다는 이유로 '문신한 ××' '문신한 여자는 걸러'

이런 말을 아무렇지 않게 듣게 되죠.

타인의 외모에 대한 혐오예요.

사람을 겪어보지도 않고 판단하는 거고요.

타투는 마이너의 삶을 선택해보는 일입니다"

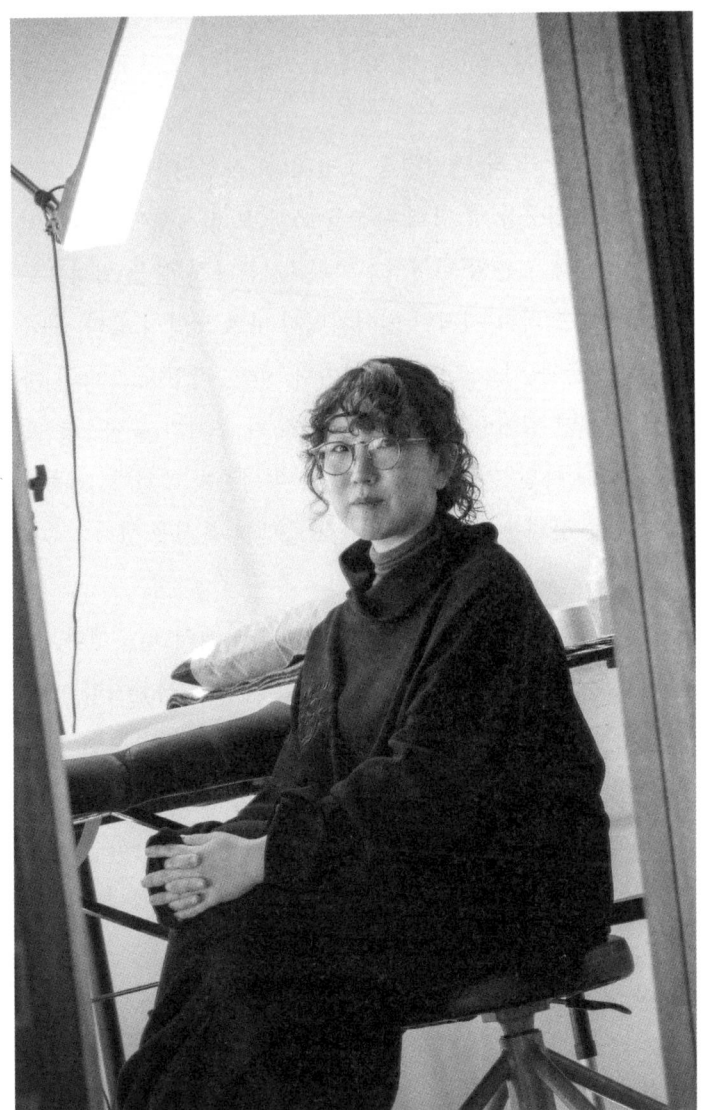

러졌다. "이야기 나눌 동지"가 생긴 게 가장 좋다. 또 노조가 밥을 잘 주는 바람에 통통히 살도 올랐다. 집회 나갔다 밥 먹으러 가고, 회의 마치고 밥 먹으러 가고 하다 보니 7킬로그램 정도 증량이 됐다며 웃는다.

타투이스트의 직업병은 노안이다. 작업할 때 켜는 조명이 세고 초집중을 한 상태로 눈을 쓰다 보니 시력이 약화되어 노안이 빨리 오는 편이다. 그 역시 "서른다섯 살을 기점으로 급행열차"를 타고 체력이 떨어지면서 바로 노안이 왔다. 손목 터널증후군과 디스크도 고질병이다. 한번 작업하고 나서 자리에 누우면 일어나지 못할 만큼 코어가 무너져 폴댄스를 배웠고, 그때 다진 코어 근육으로 지금껏 생존하고 있다. 노동이 가능한 몸 상태를 유지하기 위해 요즘엔 킥복싱을 한다.

별칭 '황도'는 그를 키운 과일 복숭아에서 비롯했다. 고향인 경기도 이천시 장호원은 유명한 복숭아 생산지라 어릴 때부터 흔하게 먹었고 '앨버트'라는 신품종을 맛보고는 제대로 반했다. "물도 많고 누르면 멍들 정도로 너무 부드럽고 맛있는 거예요." 한 개에 5000원에서 1만 원을 호가하는 고가의 과일을 매 끼니 밥처럼 먹어대자 엄마가 과수원에서 파과를 사 병조림을 만들어주었다. 엄마 옆에서 같이 복숭아 껍질을 살살 벗기고 조심스레 잘라 델몬트 주스병에 넣은 천연 황도를 쟁여두고 겨울 내내 원 없이 먹곤 했다. 복숭아의 효험은 대단했다. 과거의 황도가 현재의 황도를 달랜다.

"팬데믹 기간에 한번 심적으로 꺾인 적이 있어요. 공황장애도 오고 힘들었는데 노조 하고 스튜디오를 옮기면서 마음이 많이 치유됐어요. 계엄 이후 시위를 나가면서도 좋아졌고요. 이번 여름에는 모처럼 일주일 간격으로 여러 품종의 복숭아를 다채롭게 물복(물렁한 복숭아), 딱복(딱딱한 복숭아) 가리지 않고 먹었어요. 복숭아는 다 옳아요. 제철 과일을 오랜만에 먹으니 아, 사람 사는 게 진짜 별거 아니다, 이게 뭐라고 그렇게 힘들었을까 싶었죠. 그때 트위터 친구분이 말씀해주셨죠. '제철 과일 사 먹으면 많이 나아졌다는 거래요. 힘내서 노조 하세요'."

그가 옷자락을 들춰 복숭아 타투를 자랑한다. 주변으로 호랑이, 도마뱀, 꽃이 옹기종기 모여 있는데 각각은 "그때그때 한 시절을 기록하는 나이테 같은 친구들"이다. 자랑스러운 훈장이기도 하다. 신체발부 수지부모(身體髮膚 受之父母)를 주장하는 부모의 벽을 넘어, 33년 불법의 벽을 넘어, 터부시하는 편견의 벽을 넘어 자기다움을 잃지 않고 쓰러지지도 않고 살아온 날들의 흔적이 타투로 남았다. 이 좋은 타투를 황도는 모두에게 권한다. "기억을 몸에 새기는 신기한 경험"이라는 본령 외에도 타투는 인간관계의 리트머스가 되어주고 소수자 연대의 기회를 열어주는 등 삶에 여러모로 이롭다.

"타투는 사람들이 잘 선택하지 않는 취미잖아요. 하고 나면 여러 반응이 있어요. 칭찬도 해주고 오지랖도 부리고 별로라고도 하고요. 사회적으로 호불호가 있다 보니까 듣는 말들이 상처가 되죠. 그래서 약자의 위치에 있는 다른 사람과 공감대가 형성돼요. 일생에 단 한 번도 소수성을 가진 적 없는 사람이 문신을 했다는 이유로 '문신한 ××' '문신한 여자는 걸러' 이런 말을 아무렇지 않게 듣게 되죠. 타인의 외모에 대한 혐오예요. 사람을 겪어보지도 않고 판단하는 거고요. 네가 날 걸러? 내가 걸러!(웃음) 타투는 마이너의 삶을 선택해보는 일입니다."

【 부기 】

국내에서 33년간 불법이었던 문신 시술은 2025년 10월 28일 문신사법이 공포됨으로써 그 굴레를 벗어났다. 법안은 2027년 10월 29일부터 시행된다.

'시끄러운 부산 여자'가
100만 유튜버 꿈꾸는 이유

유튜버 '예랑가랑'

(김가인   )

가인이 생각할 때 유튜버는 사람들이 불편해하는

"빻은 말"을 하지 않는 윤리 감각이 중요하다.

일상을 꾸밈없이 담아내는 채널이므로 방송에서도

그냥 평소처럼 한다지만

그가 말하는 '그냥'과 '평소'는

직업인으로서 세심한 자기 통제와 관리

그리고 든든한 조력자 예린과의 협업에 따른 결과다.

삭발할 결심을 한 건 고등학교 2학년 때다. 밤에 머리를 감고 자서 머리카락이 삐친 채로 등교하다 보면 버스에 탄 다른 학교 애들이 놀리곤 했다. "그걸 겪다가 빡쳐서" 학교 두발 규정을 찾아봤다. 오호라! 귀밑 3센티미터라고만 명시돼 있지 '귀 위'로는 제한이 없었다. 선도부장 선생님을 찾아갔다. 머리카락이 빠지고 아토피가 심한데 두피에 약을 바르는 게 너무 아프다며 "입을 털고" 허락을 얻어냈다. 별명이 '빡빡이'가 되었다. 삭발의 홀가분함도 잠시뿐 머리카락은 쑥쑥 자랐다. 그게 몸이 하는 일이었다. 미용실을 한 달에 서너 번을 가야 했는데 커트비가 8000원. 돈이 감당이 안 되어 바리캉을 구매해 학교로 받아두고는 석식을 먹은 아이들이 "회전 초밥 돌듯 운동장을 돌 때" 그 앞에 앉아 머리카락을 밀곤 했다.

"머리를 미는 게 저한테 어려운 일은 아니었어요. 머리를 안 감아서 좋았거든요. 학교에서 쉬는 시간에 대걸레 빠는 수도에 머리를 들이밀어 감고 나서 수건도 필요 없이 머리를 탁탁탁 세 번 털면 깔끔해져요. 머리 감을 시간에 좀 더 많이 자도 되니까 그게 편했어요."

머리 모양만 튀었지 "조용한 아이"였다는 그는 1995년생 김가인이다. 삭발 이후 외려 시선의 감옥으로부터 해방됐다. 하루는 등굣길에 공사 트럭을 몰고 가던 기사님이 '따봉'을 날려주었다. 그도 '따봉'으로 화답했다. 하도 남의 눈길을 많이 받다 보니 나중에는 보거나 말거나 하는 경지에 이르렀다. 점점 내 좋음, 내 욕망, 내 편의에 집중했다. 미술 시간에 자화상 그리기에서 선생님으로부터 "부정적으로 닮게 잘 그렸다"라는 칭찬을 받았다. 운동장에 전시한 학생들 작품에 가인의 것이 놓여 있었다. 고2 말 즈음 미술 대학 입시 학원을 찾아갔다. 그곳에서 훗날 인생 친구이자 업무 파트너가 될 동갑내기 방예린과 마주쳤다. 처음엔 서로 데면데면했다. 교복 치마를 입었음에도 빡빡머리를 한 걸 보니 '쟤는 남자'라고 예린은 생각했고, 화장을 하고 다니는 걸 보니 '쟤는 일진'이라고 가인은 생각했다. 그런 두 사람이 친해진 계기가 있다.

"저는 공부에 방해될 거 같아서 스마트폰이 없고 피처폰만 썼어요. 학원에서 제가 어떤 삼수생 언니랑 사이가 안 좋았어요. 언니가 '너 이거 해' 해도 아닌 건 아니라고 말하고 '싫은데요. 그건 안 할래요' 하니까 제가 마음에 안 들었나 봐요.

유튜버 '예랑가랑'

단체 메신저 방에서 제 욕을 한 거죠. 예린이가 그만하라고, 가인이도 없는데 너무한 거 아니냐고 말했죠. 그걸 다른 친구가 보여줬어요. 그때 예린이한테 고마웠죠."

가인이 먼저 부산대학교 애니메이션학과에 입학했다. 내신 성적이 좋았고 드로잉 실력이 얕아 독특한 스타일로 사물을 표현하는 데 주력했다. 마침 부산대가 옛날식 표현에서 벗어난 새로운 스타일을 보는 시기여서 운 좋게 합격한 듯했다. 개강 날 교수가 애니과에는 이상한 애들만 들어온다고 말했을 때 빡빡이 새내기는 "난가 했는데 나였다". 2년이 흘러 예린이 같은 대학 같은 과에 합격했다. 같이 수업을 듣기 위해 일부러 휴학했던 가인도 복학했다. 두 사람의 준비된 결합은 뜻밖의 화학 반응을 일으켰다. 어느 날 가인이 특이하게 말하는 교수의 성대모사를 하면서 노래를 불러주자 예린은 웃음을 참지 못하며 영상을 찍어 트위터에 올렸다. 소위 대박이 났다. '발표를 하지 않은 방예린 학생'이란 제목을 단 이 데뷔 영상은 누적 조회수 1000만을 바라보는 명작으로 남았다.

"예린이가 예전 영상을 다시 보려면 트위터에선 찾기 힘들어 자기 유튜브 계정에 모아서 올려놨대요. '그래, 잘했다' 그러고 끝이었죠. 근데 사람들이 다음 영상도 보고 싶어 한대요. '가인아, 브이로그 찍어보자. 사람들이 원한다' 그래서 그게 도대체 뭔데 하니까 일상을 담으면 된대요. 일상을 왜? 재미도 없는데?"

빵빵 터지는 순도 100퍼센트 즉흥 상황극

가인은 얼떨떨했다. 재미를 독점하기 아까웠던 예린은 주장했다. "1가정 1가인 보급이 시급하다!" 이후 평소대로 놀고 과제 하고 게임 하는 걸 찍어 편집해 올렸더니 한 달 만에 구독자가 10만 명에 달했다. 유튜브에서 돈을 주는 것도 몰랐던 생초보들은 10만 명 돌파 기념으로 수익 신청을 해보았다. 첫 달 수입이 3만 원. 영상에 출연한 애니과 친구들과 치킨 파티 비용으로 썼다. 본격적인 2인 체제에 맞추어 새 이름도 지었다. '노빠꾸 마이웨이 가인과 게임 중독 맥시멀리스트 예린이 같이 사는 일상'을 담은 게임 실황, 영화 3분 요약, 여행 브이로그 채널 '예랑가랑'의 시대가 열렸다. 구독자가 계속 상승세를 타고 조회수도 잘 나오자 기획사 샌드박스에서 연락이 왔다. 그때 계약을 맺고 지금까지 함께한다. 기획사에서 초보 유튜버 예랑가랑에게 교육을 시켜주었다. 폰트 사용법, 노래 저작권에 관한 가이드라인, 광고 넣는 법 등을 알려주고 광고 주선과 조율을 도왔다.

"저는 꾸미지도 않는데 보톡스, 안면윤곽술 광고가 들어와요. 너무 당황스럽거든요. 그런 게 오면 대신 거절해주고 굿즈도 저희가 그림만 그리면 업체 선택부터 배송까지 해주고요. 저희가 할 수 있을 만한 것만 집중하도록 해주죠."

사실 유튜버는 예정에 없는 직업이었다. 가인은 미대 졸업 이후 개인 작업을 하거나 해외 애니메이션 영화제를 노려볼 계획이었다. 그런데 어느 날 예린이 자취방에서 슈퍼버니

유튜버 '예랑가랑'

맨 게임을 하는데 그게 너무 재밌었다. 말은 안 해도 당연한 듯 같이 살 집을 알아보고, 집을 얻어 방송할 곳도 새로 꾸미다 보니 또 그 자체가 재미있었다. '재미'에 등 떠밀려 두 사람의 동거가 급물살을 탔다. 위기는 머지않아 왔다.

"(유튜브) 수익이 3분의 1로 팍 줄었어요. 아무래도 졸업 후에는 학교 브이로그의 날것 감성이 안 나서 그런 거 같아요. 어떻게 하면 끌어올릴까. 평소에 콘텐츠를 짜거나 하지 않았거든요. 이거 어때? 재밌겠다! 그거 찍을래. 생각 없이 꾸준히 계속하니까 다시 올라가더라고요."

인기 동영상 중 '애니과를 생각하면 떠오르는 각자의 슬픈 추억이 있어요' 편이 있다. 가인은 대학 시절 술자리의 추억을 꺼낸다. 시간이 늦어져 가인이와 친구가 먼저 일어나려고 하자 선배가 눈총을 주며 말한다. "너네 술 취해서 바닥을 기기 전까지 못 가!" 발목 잡힌 가인은 하는 수 없이 선배의 명령을 따른다. 어떻게? 냅다 바닥에 엎드려 네 발로 세 번을 긴다. 그리고 유유히 퇴장한다. 이때 상황을 가인은 극사실주의 연기로 재현한다. 댓글은 웃음의 행렬로 왁자지껄하게 채워졌다. 〈벼랑 위의 포뇨〉〈랑종〉〈콘크리트 유토피아〉 등 '영화 3분 요약' 시리즈에서도 가인의 '찐 광기'는 빛을 발한다. 예린과 펼치는 상황극은 순도 100퍼센트 즉흥이다. 둘 다 연기를 배운 적이 없다. 다만 가인에겐 사람을 관찰하는 오랜 습관이 있다.

"초딩이나 대딩 때 텔레비전을 본 기억이 오래가요. 등교

직전에 아침 드라마에 나오는 노란색 장판과 주황 불빛, 체리색 몰딩의 화면, 거기서 했던 불륜이나 어이없는 설정들. 대학 때는 등하굣길에 귀가 답답한 게 싫어서 이어폰을 안 꼈어요. 멍때리다 보면 사람 소리가 들려요. 진상 아줌마 아저씨들이나 시장 쪽에서 할아버지가 싸우고 있다든지요. 나중에 예린이랑 상황극 할 때 그런 기억이 확 떠올라서 하게 돼요. 대본이 없다고 하면 놀라더라고요."

얼마 전엔 예린이 수영장 텃세를 경험한 이야기가 '인기 급상승 동영상'에 올랐다. '신규 회원 잡도리에 뼁까지 뜨는 수영장 텃세ㅋㅋ'는 순식간에 조회수가 100만을 넘었다. 이 영상의 영향으로 우리 동네 수영장에도 텃세 금지 공고문 떴다는 피드백이 많았을 정도다.

'예랑가랑'은 이처럼 누구나 한 번쯤 겪을 법한 일상의 부조리나 즐거운 순간을 직관적으로 포착해 독특한 위안과 활기를 제공한다. 웃게 하고 분노하게 해 고립감 퇴치에도 기여한다. 외로운 취준 생활에 유일한 낙이에요, 요즘따라 넘지치고 힘들어서 눈물만 또르르 흘리고 허송세월 보내는데도 예랑가랑 보려고 꾸역꾸역 일어나는 사람도 있습니다, 우울증과 공황 장애를 앓고 있는데 등 약 1000여 개의 동영상에 줄 잇는 소감과 사연은 MZ 세대 비망록이 되었다. 실은 '예랑가랑'의 '가'를 맡고 있는 가인조차도 쓸쓸한 날엔 자신들의 영상을 켠다.

"저는 집에 혼자 있는 걸 좋아해요. 반려묘 점프와 병철

유튜버 '예랑가랑'

이가 있지만 예린이가 어디 가서 오래 혼자 있으면 적적하거든요. 그럴 때 저희 영상을 틀어서 소리 채워놓고 다른 일을 하면 누가 있는 느낌이 들어서 '혼자다'를 차단하죠."

김가인은 절약왕으로 통한다. 유튜브를 찍을 때 착장은 귀여운 머리띠에 주로 목이 늘어난 티셔츠다. 원래 새 옷이었는데 헌 옷이 되었다. "나이 든 애들이 훨씬 편해요. 하늘하늘 해파리 같은 게." 예쁜 거에 관심이 없는 게 아니라 "남들이 생각하는 예쁨"에 별로 관심이 없고, 돈을 안 쓰는 게 아니라 원하는 게 다르다.

"아프로헤어를 하고 싶은데 엄청 비싸고 관리도 어려워서 고민하고 있어요. 한번 옷 사면 10년 넘게 입어요. 예린이가 가끔 이건 안 입고 싶다고 빼놓으면 제가 뒤적뒤적해서 입어야겠다 하며 새 옷을 충전하기도 해요."

고등학교 때 환경 문제에 관심이 생긴 후로 옷을 최대한 사지 않는다. 교복과 체육복만 입었고 대학에 들어가서도 쭉 그랬다. 스승의 날에 모교에 갔을 때 가인을 본 선생님은 아직도 체육복 입고 다니냐며 놀라더니 남는 체육복을 챙겨주었다. 그걸 계속 입고 다녔다. 그 밖에도 헤어트리트먼트 쓰지 않기, 대중교통 이용하기, 비닐류 안 쓰기 등을 실천한다. 또 하나의 소신은 기부하기. 뉴스에서 연예인 기부 소식을 보며 꿈을 키웠다. 나도 서른이 되면 기부하리라.

"평소 몇 군데 단체에 후원해요. 장애인, 장애 아동, 청소

"마침 만기가 된 적금 1000만 원을 기부했어요.

나중에 안내문을 보니까 1억 원을 기부하면

평생 건강 검진이 무료, 주차비도 무료, 독감 접종도 무료.

내가 부자라면 1억 원 했을 텐데

약간 슬펐어요.

내가 100만 유튜버였다면!"

년, 독거노인, 환경, 군 인권, 성폭력……. 분야별로 추렸는데 의료가 없는 거예요. 산재 사고로 사람들이 많이 죽잖아요. 뉴스를 볼 때마다 답답했는데 녹색병원이 눈에 들어왔고, 마침 만기가 된 적금 1000만 원을 기부했어요. 나중에 안내문을 보니까 1억 원을 기부하면 평생 건강 검진이 무료, 주차비도 무료, 독감 접종도 무료. 내가 부자라면 1억 원 했을 텐데 약간 슬펐어요. 내가 100만 유튜버였다면!"(웃음)

빻은 말을 하지 않는 윤리 감각

가인은 네이버 팬카페 '예랑가랑너랑'에 기부 사실을 알렸다. 그걸 본 예린이 와서 "이 여자가 아주 큰일을 했다"라며 엉덩이를 몇 번 두드리고 갔다. 팬카페 회원들은 "본인은 짠순이 절약왕이면서 기부는 통 크게 하는 진정한 상여자 힘내맨"이라고 감탄하며 기부 릴레이에 동참했다. 예린도 참여했다. 영남 지역에 산불이 났을 땐 '예랑가랑' 이름으로 500만 원을 기부했다.

이렇게 따로 또 같이 활동하는 두 사람은 10년째 우정의 금자탑을 쌓아가는 중이다. "연인 아니고 친구입니다"라고 유튜브 계정 소개글에 밝혀두었는데도 레즈비언 커플로 곧잘 오해받는다. 그러나 사랑만큼 우정도 복잡한 감정이므로 친구 관계라고 해서 결코 더 쉬운 건 없다. 그럼에도 동업자이자 동거인으로 겹겹의 인연을 오래 가꿔가고 있다. 비결은 무엇일까. 가인은 "서로 사생활에 간섭 안 하고 서로의 결정을 존중하는 것"이라고 귀띔한다.

"싸운 적은 진짜 없어요. 서로 내 말이 맞다 언쟁이 세지는 정도죠. 예린이한테 서운할 때는 티를 내요. 엉덩이를 일부러 더 세게 찌르거나 때리거나, 예린이가 문 닫고 뭐 하고 있으면 일부러 방문 열고 들어가서 한 바퀴 돌고 나온다든지, 침대에 다이빙해서 갑자기 한숨을 크게 쉬고 있으면 '왜 뭔데?' 하고, '됐어……' 하고 나오면 예린이가 눈치를 채죠. 그럼 애기해요. '오늘 나랑 이거 먹을 거야?' '뭔데?' 서로 맛있는 거 먹으면서 휴대폰 봐요."(웃음)

아울러 둘의 공존은 적절한 의존으로 가능하다. 예린은 가인에게 살림을 의존한다. 살림꾼 가인이 예린에게 당부한 건 두 가지다. 거실 책상 위는 깔끔하게 정리하기, 음식물은 알아서 처리하기. 가인은 예린에게 방송 리드를 의존한다. 구독자 38만 명을 보유한 '예랑가랑'의 청정한 채팅창 유지 관리는 물론이고 "개인 방송을 할 때 '어그로'가 와도 예린이가 매니저로 와서 썰고 '꺼지세요'라며 정리한다". 댓글이나 실시간 채팅에는 좋은 글과 응원하는 글만큼이나 악플과 비난하는 글도 많은데 슬프게도 후자가 기억에 오래 남는다.

"저는 평소 상상을 많이 하고, 일어나지도 않을 일을 사서 걱정하는 편이에요. 혹시나 뇌에 기억된 안 좋은 단어들이 컨디션이 안 좋은 날 실수로 흘러나오지는 않을까가 그중 하나거든요. 즐겨 보는 인스타 릴스도 댓글창은 거의 안 열어요. 커뮤니티를 하다 보면 남들도 다들 쓰니까 재미있는 밈이구나 싫어 썼는데 숨은 뜻이 안 좋은 경우도 있어요. 혹시 모를 나쁜 단어들로부터 제 뇌를 아예 차단하려고 커뮤니티를 하지 않죠. 뇌는 안 좋은 기억을 더 오래 저장하니까요."

가인이 생각할 때 유튜버는 사람들이 불편해하는 "빻은 말"을 하지 않는 윤리 감각이 중요하다. 일상을 꾸밈없이 담아내는 채널이므로 방송에서도 그냥 평소처럼 한다지만 그가 말하는 '그냥'과 '평소'는 직업인으로서 세심한 자기 통제와 관리 그리고 든든한 조력자 예린과의 협업에 따른 결과다.

네이버 예랑가랑 공식 팬카페 '예랑가랑너랑' 잡담방에는 이런 게시 글이 올라와 있다.

"여러분은 '예랑가랑'을 어떤 유튜버로 소개하시나요?"

'게임 유튜버요' 유의 평이한 답변들 중 단연 눈에 띄는 댓글이 있다.

"시끄러운 부산 여자 둘이요."

두 사람은 찰진 사투리를 구사하는 부산 토박이다. 친구들이 거의 다 일자리를 찾아 서울로 떠났고 가인도 흔들리지 않은 것은 아니다. 2년 전쯤에는 진지하게 고민했다. 애들이 다 가네. 그럼 나도 서울로 가야 하나? 가끔 예랑가랑에게 연극이나 공연 초청장이 오는데 장소가 거의 서울이다. 서울에 살면 문화생활 하기는 좋겠다 싶다. 하지만 "삭막하고 미세먼지, 매연, 사람이 너무 많아서 절대 앉을 수 없으며 물가도 비싸고 너무 꽉꽉 찬 동네"라는 생각에 이르면 살고 싶은 마음이 사라진다.

유튜버 '예랑가랑'

"저는 대전에 가고 싶어요. 성심당이 너무 좋아서 성심당에 매일 가고 싶어서요. 며칠 전에 대전 월세를 알아보기만 했어요. 비싸더라고요. 성심당은 일단 빵 가격이 엄청 싸고요. 지구 온난화가 심해져서 부산이 먼저 물에 잠긴대요. 물에 안 잠기려면 내륙으로 가야 하는데 서울은 복잡하니까 안전한 도시에 살면서 빵을 먹자!"(웃음)

가인은 요리 과정이 귀찮아 '최대한 안 먹고 잘 살기'가 목표다. 그랬더니 몸이 축나 조금만 오래 돌아다녀도 코피가 나고 어지러워 할 일을 계속 미루게 됐다. 2년에 걸쳐 10킬로그램을 증량하고 나니 코피가 멈췄다. 집에서는 과일과 샐러드를 즐겨 먹는다. 근육을 찌우려면 무조건 단백질을 먹어야 한다기에 훈제 달걀과 두유, 닭가슴살도 억지로 챙기고 있다. 가끔 둘이 부산대 근처에 크레페나 잠봉뵈르를 먹으러 가면 가게의 모든 이들이 예랑가랑을 알아본다. 한번은 사장님이 말을 걸었다. "유튜버 맞으시죠?"

"원래는 팬데믹 시즌에 그 가게가 문을 닫으려고 했대요. 몸도 안 좋고 장사도 안 돼서. 근데 저희가 다녀가고 나서 사람이 계속 왔대요. 서울에서도 예랑가랑 보고 왔다고 하고요. 그래서 가게 닫지 말고 해볼까 했다는 거예요. 저희가 그 집을 진짜 좋아하거든요. 우리가 맛집을 살렸어요."(웃음)

좋은 곳을 찾아가기보다 사는 곳을 좋게 만드는 사람. 모처럼 트레이닝복이 아니라 정장을 빼입고 인터뷰 장소에 나온 '지구 시민' 가인은 킥보드를 타고 집으로 사라졌다.

당신의

마지막 집

요양 보호사

(강석경   )

엄마로 살았던 **20년** 세월은 동준이가 준 가장 큰 선물이었다고.

그렇게 가면서 던져놓고 간 이별의 상처가 크기도 했지만

일반인들이 결코 다가가지 못하는

삶의 또 다른 영역을 사랑으로 따뜻하게 바라볼 수 있는

시각을 동준이가 만들어주었다.

고통 없이는 이해하기 힘든 삶의 진리.

그건 그가 요양 보호사로 일하면서 살아가는

든든한 밑천이 되어주었다.

두 손이 고운 봉숭아 물빛이다. 어릴 적처럼 꽃잎과 백반을 빻아 무명실로 동여맬 필요 없이 단돈 1000원에 파는 간편 키트를 활용했다. 가루를 물에 개어 면봉으로 찍어 손톱에 올려두면 삼십 분 만에 뚝딱이다. 놀이 삼아 어르신들이 심심해할 때 봉숭아 물을 들여준다. 부채처럼 편 손가락 끝에 꽃물 스미는 사이 두런두런 담소를 나눈다. 무채색 일상에 잠시 볕이 드는 순간을 그가 만든다. 원래부터 "찾는 걸 좋아했다". 저 사람이 원하는 게 무엇인지 작은 행동이나 눈짓을 살피는 일을. 어르신들이 이불을 뒤집어쓰고 있으면 슬쩍 다가가 들추고 묻는다. "발 마사지 해줘? 뭐 해줘?"

대전의 한 요양원에 근무하는 그는 요양 보호사 강석경이다. 돌봄 경력이 짧지 않다. 간호조무사 자격증을 따고 간

첫 근무지가 서울시 동부병원 응급실이었다. 밤에 들어오는 행려 환자의 몸에선 냄새가 진동했으니 자동으로 막내 차지가 되었다. 바이탈부터 체크하고 밤새 몸을 닦이고 옷을 갈아입혔다.

"스무 살인데도 그런 일이 더럽거나 무섭지가 않았어요. 내가 좀 도와주면 내일 아침에 이 사람이 깨끗하게 나가니까 힘들어도 열심히 했죠."

결혼하고 육아하는 동안에는 개인 간병사로 일하거나 요양 보호사 실습 강사로 나서기도 했다. 2008년 요양 보호사 자격증을 미리 따두었다. 쉰이 넘어 다시 일자리를 구할 때 급여 조건은 비슷했지만 일이 수월한 동네 내과나 한의원이 아니라 요양원을 부러 택했다.

"나는 다이내믹한 삶을 살아서 죽음 앞에 있어도 무서울 거 같지 않더라고요."

요양원은 또 다른 집이다. 병원 시스템이 아니라 가정 시스템으로 돌아간다. 그래서 입주할 때 주소가 넘어오고 호칭도 환자가 아니라 어르신이라고 부른다. 그의 일터에 거주하는 어르신은 스무 명. 주간에는 요양 보호사 네 명, 야간에는 두 명이 담당한다. 대부분 오륙십대 여성이다.

죽는 데 아니고 사는 데

"어르신들이 처음에 오면 죽으러 오는 줄 알아요. 밥도 못 먹고 잠도 못 자요. 그러면 휠체어로 모시고 나와 대추차를 타드리면서 말해요. 여기 죽는 데 아니고 사는 데니까 편하게 여기시라고요."

　우리 집에 모셨다는 마음으로 어르신의 정착을 돕다 보면 어렵고 힘든 한두 달이 가고 1년이 지나 다 가족 같아진다. 어르신들이 들어올 때 갖고 온 바지가 짧아진다. 살이 오른 거다. 암 수술로 6개월 시한부 선고를 받은 분은 3년 6개월을 잘 지내고 가시기도 했다. 그런 걸 보면서 느낀다. "우리가 잘하고 있구나."

　어르신들이 가장 힘들어하는 건 자식에 대한 보고픔이다. 굽은 나무가 선산을 지킨다는 옛말대로 '출세'한 자식일수록 얼굴을 보기 힘들다. 눌러둔 서운함은 눈앞에 있는 사람을 향해 느닷없이 분출된다. 우리 아들이 시 의원이라고 자랑을 하다 갑자기 "너네는 발끝도 못 따라가"라고 말하는 식이다. "똥이나 치우는 니까짓 것들이……"는 갓 입소한 어르신들이 주로 뱉는 악성 멘트다. 고약한 말들, 어이없는 무례를 받아내는 감정 노동도 요양 보호사의 일이다. 하지만 "우리는 어르신들을 돌보고 섬기는 자리에 있지 밖에서 일반적으로 만난 사이는 아니니까" 반응하지 않는다. 배운 요령대로 우선 자리를 피하고 당분간 그 어르신은 다른 동료가 맡는다.

　똥오줌을 치우는 일, 그래서 극한 직업이라는 세간의 인식에 대해 강석경은 "노노"라며 고개를 젓는다. 대소변 처리는 요양 보호사의 기본 업무이고 일과 중 가장 많은 시간을 차지하지만 가장 쉬운 일 중 하나다. 기저귀 케어로 힘들어하는 요양 보호사는 이미 현장에 없다.

"진짜 어려움은 야간에 짝꿍 샘이 식사나 휴식을 가면 한 사람이 스무 명의 어르신을 돌봐야 하는 상황이죠."

밤 근무를 할 때다. 인지 장애가 있는 어르신이 대변을 본 상태에서 화장실 바닥에 누워 뭉개는 일이 벌어졌다. 더러워서가 아니라 혼자라 난감했다. 치우는 거야 천천히 해도 되지만 어르신이 다치지 않게 수습해야 하니 힘에 부친다. 그날 밤 메모장에 일기를 썼다. 제목은 '똥파티'.

18시 나이트 출근하여 라운딩하며 어르신들을 살피는 중에 고○○ 어르신(93세, 남)이 배를 움켜쥐고 인상을 쓰며 똥이 안 나와 죽겠다 하신다. 어르신, 변비약 하루 세 번 여섯 알 드시고 있어요. 어제도 보셨으니 좀 기다리면 나올 거예요. 아무리 이성적으로 설명해드려도 안하무인이다. 죽으라고 내비두냐 삿대질해가며 욕도 하신다. 못 들은 척 다른 어르신을 살피며 돌아 나온다. 제법 큰 소리로 구시렁구시렁하는 소리가 계속 들려온다. 아이구야, 이 똥치매가 사람 잡는다. 혼자 식사도 잘하시고 휠체어도 혼자 타고 화장실도 잘 가시는, 요양 보호사 입장에서는 손이 덜 가는 어르신이다. 똥에 걸리지만 않는다면. 하루만 못 봐도 어떤 때는 아침에 보고도 못 봤다 우기신다. 견딜 방법이 없는 편이다. 약을 두 알 더 드시게 했다.

얼마나 지났을까? 아직 루틴 일정이 끝나지 않았는데 알람이 운다. 딩동 딩동 딩동 연속으로 울린다. 달려가 보니 침대에, 방바닥에, 화장실 바닥 및 변기, 옷은 내리지도 못한 채로 질질 흘리고 서 계신다.

요양 보호사 일 중에 기저귀 교체가 주된 일이기는 하지만 그 기저귀 교체 중에도 제일 난이도가 높은 '똥파티'가 시작되었다. 우리가 파티라고 표현할 때는 여러 사람이 다 봤을 때 주로 쓰는 말인데 이런 상황은 한 사람이 만드는 가장 성대한 현장이다. 짝꿍 샘은 쉬러 간 상황, 난감하다. 더러워서가 아니다. 냄새도 장난 아니지만 변비약을 너무 많이 먹어 설사 변이 여기저기 흩뿌려져 있으니 뭐부터 할지. 그대로 변기에 앉혀드리고 옷을 벗겨낸다. 신발에도 한가득이다.ㅜㅜ 옷이랑 신발을 한쪽으로 치우고 대변을 마저 보시게 하고 화장실 바닥에 뿌려진 변을 치운다. 방도 침대 시트도 치워야 해서 변기에 앉아 계시게 하고 치운다. 걸레로 할 수 없어 쓰레받기에 담아 치우고 걸레로 여러 번 닦고 락스까지 사용해 닦아낸다. 그래도 방 안에 냄새는 어쩔 수 없다. 변기에 앉은 채로 샤워를 시켜야 한다. 가만히 계시면 별문제 없는데 치매 어르신은 말을 듣지 않으시니 혼자서 씻기는 것은 요양사 입장에서 너무 위험한 일이다. 그래도 안 할 수가 없어 제법 큰 소리로 움직이지 마시라 하고 재빨리 씻겨드리고 침대로 모셨다. 옷 갈아입히고 똥 잔뜩 묻은 옷이랑 신발까지 헹궈 세탁기 넣고 나니 사십여 분이 흘렀다. 아휴, 힘들다. 자주 있는 일은 아니지만 오늘 근무는 힘든 시간이 계속된다. 밀린 일을 아무리 부지런히 해도 늦어지고 있다. 물 한잔 제대로 마시지 못하고 이 더위에 땀을 비 오듯 흘리며 다음 어르신을 향해 달려간다.

일이 자아내는 감정들, 노동의 분비물 같은 미움과 원망을 그는 쌓아두지 않는다. "나쁜 마음"을 흘려보내는 자체 시스템을 갖고 있다. 하나는 글쓰기. 어려서부터 엄마나 친구가 너무 미운데 표출할 방법이 없을 때 글을 썼고 그러고 나면 신기하게도 미움이 사라졌다. 글쓰기는 내 마음을 내가 알아주는 수단이 되었다. 또 하나는 수다 떨기. 힘들 땐 누가 뭐래도 동료다. "우리끼리 티타임 하면서 풀어요. 그게 제일 빨라요. 방법 없어. 어떻게 늙어야 하냐가 우리 화두예요." 그렇다고 인간에 대한 연민과 이해를 포기하지는 않는다. 그래야 요양보호사로 살아남을 수 있다.

"누구라도 그럴 수 있다는 마음. 그게 가장 중요해요. 제가 간호사로 근무하고 환자를 볼 때 선이 항상 그어 있어요. 환자는 환자고 직원은 직원이다. 여기는 달라요. 가정생활을 하는 집이기 때문에 아픈 사람과 살아가는 데 불편함이 없도록 국가가 혜택을 줘서 만들어주는 공간이라 저 어르신과 내가 다르다고 선을 그으면 안 돼죠. 또 실은 그들의 불편함이 나를 먹여살리는 거죠. 우리를 깨우쳐주기도 하고요."

한 어르신이 누워 계시며 말한다. "죽어야 돼, 나는." 그래서 그가 말했다. 하나님이 우리를 고통 속에 힘들게 놔두는 건 깨닫는 게 있어서 그런 거라고, 그 뜻이 무엇인지 어르신께 알려달라고 제가 기도하고 왔다고. 어느 날 어르신이 그에게 깨달았다고 말했다. 그게 뭐냐고 물어보니 말끝을 흐렸다. "그냥……."

"그분은 아들만 셋인데 명절이나 생신 때 아들들만 와서 아버지를 보고 가요. 근데 음료수 하나 안 사 와요. 여기서 아무리 먹을 걸 다 줘도 요플레라도 좀 사 올 법한데요. 그 어르신 요구르트는 내가 계속 대고 있거든요. 어르신, 뭐 깨달았어? 그냥, 이러더니 선생들한테 고맙다고. 그분은 표현을 그렇게 하셨지만 작은 것들에 대한 소중함을 돌아가시기 전에 깨달으신 거죠. 여기에 8년 계셨는데 고맙다는 말이 처음이에요. 계속 함부로 하시고 내 말 한마디면 너네 다 잘라버려, 이런 분이었는데 그렇게 이야기하고는 조용해지셨어요. 너무 감사하죠. 어느 책에서 읽었는데 부모가 자녀에게 미안하다고 말할 수 있다는 건 용기래요. 그만큼 나이 드신 분들은 젊은 사람에게 미안하다는 말을 잘 못 해요. 그래서 '그냥' 이러는 거죠."

사람은 노력하면 변하는 걸 그는 보았다. 소 귀에 경 읽기일지언정 계속 얘기했다. "고맙다고 하세요." "미안하다고 하세요." 도저히 안 바뀔 듯한 어르신들이 어느 날 못 이기는 척 말한다. 고마워, 미안해 그런 말을 듣고 나면 침대를 뒤로 하고 나오는 길에 눈시울이 뜨거워진다.

웃을 일도 많다. 하루이틀 쉬었다 출근하면 인지 장애가

"누구라도 그럴 수 있다는 마음.

그게 가장 중요해요.

가정생활을 하는 집이기 때문에

저 어르신과 내가 다르다고 선을 그으면 안 돼죠.

또 실은 그들의 불편함이 나를 먹여살리는 거죠.

우리를 깨우쳐주기도 하고요"

있는 어르신들은 그를 못 알아본다. 시력이 나빠 안 보이기도 한다.

"어르신, 저 왔어요 했더니 간 줄 알았는데 왔네? 그래서 제가 누군지 알아요 했더니 강석경 선생이잖아, 니 목소리 특이해. 어르신들은 누워만 있는데도 당신한테 잘해주면 아는 거야."

어떤 어르신은 이름을 알려줘도 자꾸만 잊어버리길래 그냥 뚱뚱한 선생이라고 부르시라고 했다. 그랬더니 어르신이 말했다. "아녀, 이쁜 선생이여."(웃음)

이런 늙음 저런 늙음을 보며 그는 행복한 노년의 조건이란 무엇인지 생각한다. 세 가지를 꼽는다. 요양원에 올 최소한의 자금, 추억, 그리고 관계.

"내 옆 침대 어르신과 친구로 지내냐 적으로 지내냐, 여기도 관계예요. 요양원에서는 집에 혼자 있을 때보다 훨씬 폭넓은 인간관계를 맺어야 하죠. 요양 보호사, 자원 봉사자, 프로그램 활동하는 분, 예배드리는 분, 청소하는 분……. 그들과 관계를 잘 맺는 사람이 행복해요."

어르신의 추억은 큰 자랑거리다. 그러셨냐고 너무 멋지시다고 맞장구를 쳐드리지만 눈치 없이 자랑을 멈추지 못하면 문제가 된다. 가령 옆자리에 자식 없는 어르신이 있는데도 아랑곳하지 않고 자식 자랑을 늘어놓는 경우가 그렇다. 귀띔을 해줘도 내가 왜 그 사람 때문에 자랑을 못 하냐고 우긴다.

"우리끼리 노하우인데 그랬을 때 자식 자랑 못 하는 어르

요양 보호사

신을 모시고 나가든가 그분에게 훨씬 더 잘해요. 먹을 거 있으면 하나라도 더 갖다 드리고요. 무시당한 어르신을 더 섬기자가 우리의 룰 1번이죠."

동준이 이후

강석경은 충청남도 논산시 양촌면 남산리에서 맏딸로 태어났다. 학교까지 3킬로미터를 걸어 다닐 만큼 깡촌에서 살다 엄마가 억척같이 장사해 모은 돈으로 중2 때 면 소재지로 이사를 했다. 아버지는 한평생 일기를 썼고 생일이나 명절이면 딸에게 정성스레 편지를 써주는 분이었다. 아버지의 영향인지 그도 글을 곧잘 썼다. 초등학교 때 '계백 장군 글쓰기 대회'에서 동상을 받기도 했다. 꿈은 간호사였다. 부모를 보니 장사는 너무 힘들고 막연히 교사보다 간호사가 재밌을 듯싶었다. 아는 직업이 몇 개 안 됐다. 입시 때 자신이 원하는 간호 대학은 떨어졌다. 엄마 아빠가 권하는 신학 대학에서는 합격 통지서를 받았지만 아무리 고민해봐도 성직자로 살 용기가 없었다. 서울에 간호조무사 학원이 막 생긴다는 소식을 듣고 상경했다. 몇 년 후 동생들이 고등학교 진학을 앞두고 대전으로 갈지 말지 갈등하는 시기에 그가 나섰다. "절대 시골에서 다니면 안 된다. 내 짝 난다." 그가 시골을 벗어나 느낀 건 세상에 직업이 너무도 많다는 거였다. 그래서 동생들을 일단 대전으로 다 끌고 나왔다. 그도 서울 생활을 접고 대전에 내려와 동생들을 밥해 먹이고 돌봤다. 세 남매가 같이 지내면서 행복했다. 동생들이 공부를 잘해 원하는 대학에 붙었으니 그게 너무 좋았다. 여덟 살부터 밥을 지을 줄 알았던 아이는 스무 살 이후로 돈 버는 일을 쉬어본 적이 없는 어른이 되었다. 그런 그에게 5년간 직업 공백기가 있다.

2014년 1월 20일 삶의 시계가 멈췄다. 아들 김동준 군이 고등학교 3학년 때 CJ 진천공장에서 현장 실습생으로 일하다가 숨졌다. 직장 내 괴롭힘으로 인한 자살이었다. 동준 군의 이야기는 《알지 못하는 아이의 죽음》(돌베개, 2019)으로 세상에 알려졌고, 강석경은 '동준이 엄마'로 불리며 아들과 함께했다. 산재피해자유가족 모임 '다시는'을 만들어 활동하는 동안 2020년 12월엔 중대재해처벌법 제정을 위해 김용균 어머니 김미숙 등과 12일간 국회 앞에서 단식 농성을 하기도 했다. 동준이 아빠와의 결혼 생활도 정리했다. 세 식구에서 1인 가구로 단출해졌고, "나는 내가 먹여 살려야 한다"라는 절박함에 다시 현장 요양 보호사로 들어왔다.

"우리 요양원에 오니까 공익으로 오는 군인들이 층층이 하나씩 있어요. 휠체어도 밀어주고 쓰레기도 버려주고 어르신을 차에 태워주고 내려주고 온갖 일을 해요. 프로그램 할 때는 어르신 한 명당 한 사람이 붙어야 해서 공익들이 같이 해주는데 그때 힘들더라고요. 동준이 또래라……. 많이 울었어요. 현역 못 가는 애들이라서 다 덩치가 커(동준이는 90킬로그램이었다). 내가 너 이리 와라 하고 한번 안아봤다니까요. 젊은 남자애들과 겹치지 않는 일을 하려고 요양원에 들어왔는데 거

요양 보호사

기에 아이들이 있었으니까요……."

일본의 지식인 오카 마리(岡真理)의 말대로 기억이란 간혹 통제 불가능한 것으로 내 의사와 상관없이 내 신체를 습격했다. 그때마다 눈이 퉁퉁 부은 채 일할 순 없는 노릇이다. 일부러 더 많이 웃고 농담도 하고 화장도 잘하고 다녔다. 어르신들 사이에서 '맨날 웃는 선생'으로 통했다. 한번은 여든아홉 어르신을 보살피며 물었다.

"몇 남매 됐어요? 없대. 있다가 없어졌어? 원래 없대. 마나님이 못 낳았어? '내가 못 낳았다. 고자다!' 어르신이 이래서 내가 하이파이브를 했어. 나도 없어. '니는 왜 없는데?' 그러길래 있다 없어졌어 했더니 이번에는 어르신이 하이파이브 하자고. 그러고 나오는데 슬프다기보다는 막 웃었어."

있다가도 없어지는 것이 인생, 눈물이 웃음이 되는 곳이 요양원이다. 삶과 죽음도 낮과 밤이 이교대를 하듯 자리를 바꾼다. 어르신을 항상 지켜보니 생의 마지막 순간을 안다. 손끝부터 차가워지고 보라색으로 쫙 변하면서 얼굴까지 올라온다. 빨리빨리 보호자한테 연락하고 119를 부른다. 일단 심정지가 오면 몸을 닦고 옷을 갈아입히는 기본 염을 해 장례식장으로 갈 준비를 해놓는다.

"돌아가시고도 귀가 한동안 살아 있는 걸 아니까 우리 어르신 너무 멋졌다고, 훌륭하다고, 그때 저한테 이런 이야기 해주셔서 행복했다고 말해드리면서 마무리하죠. 소리 지를 때는 무서웠는데 풀어주셔서 고마웠어요, 우리한테도 좋은 분이었어요, 수다스러울 정도로 해요. 나도 무너질 수 있으니까. 어르신들이 시신으로 내려가실 때 엘리베이터에서 우리가 90도로 큰절을 해요. 어르신들 덕분에 우리도 이렇게 지냈다고요. 인사할 때 다 울어요. 내색 안 하는 선생님들도 울어요. 또 하나 큰 산을 넘었구나. 그날은 반나절 정도 처지죠. 그 늘어진 기분은 끌어 올려지지가 않아요. 내가 최선을 다해서 이만큼 힘들구나. 우리가 대단한 일 하고 있다고 우리끼리 얘기해요. 죽음을 앞에 둔 어르신들을 돌보고, 상황을 견뎌내고, 우리는 참 섬세하고 강하다고요."

대개 어르신은 임종 전에 조짐을 보인다. 물도 못 삼키고, 수면 시간이 늘고, 차례차례 증상이 나타나면서 돌아가신다. 그런 과정 없이 심장 마비나 뇌출혈로 어느 날 아침에 돌아가시기도 하는데 그럴 때는 예후를 눈치채지 못했다는 죄책감에 시달린다. 또 정성껏 성실히 최선을 다해 모셨는데 아침에 안 계시는 경우도 있다. 다른 데로 옮겨 가신 거다.

"나 언제 옮겨 이야기하면 그 며칠이라도 마음의 준비를 하고 짐도 챙겨드리는데 준비 없는 이별이 힘든 거 같아요."

삶과 죽음이 금방이고 아무것도 아니구나, 내가 우리 아이 생각에만 갇혀 있으면 안 되겠구나 하는 깨달음은 지난 5년 요양 보호사로 산 묵묵한 노동에 따른 보상이다. 물론 시간이 지난다고 슬픔이 옅어지지는 않아도 감당할 순 있게 된다.

"아이가 떠나고 어떻게 막 죽든가 같이 비참해지지 않으면 견딜 수 없었는데 지금은 슬픔은 슬픔대로 놔두고 내가 나

요양 보호사

를 지키고 살아가게 됐죠. 나를 먹여 살리는 일이 안정권에 들어가니까 다른 필요들이, 좋은 부분들이 또 생겨요."

주변에서 소개팅이 들어왔다. 그는 조건이 좋은 '돌싱'이었다. 이유가 기가 막혔다. "얼마나 아이러니한지 자식이 없어서 좋대요. 남자한테나 그쪽 자식들한테나 플러스 요인이 되는 거죠. 또 요양 보호사, 간호조무사로 일하니까 노후에 도움이 되지 않겠나 생각하더라고요."

여동생이 소개해준 남자는 달랐다. 무엇보다 말이 잘 통해 다섯 달째 만남을 이어가는 중이다. 남자 친구가 며칠 전 치킨을 주문하자고 했다. 순간 당황했다. 그러고 보니 10년 넘게 치킨을 시킨 적이 없었다. 아이 혼자 한 마리를 거뜬히 해치워 두마리치킨을 시켜 먹곤 했다. 한식과 중식 조리사 자격증이 있는 그는 아이한테 "엄마는 일등 요리사"라는 말을 들을 만큼 손맛이 좋았다. 아들을 보내고는 냉장고 안에 김치도 못 넣어둘 만큼 집에서 음식을 해 먹는 게 가장 괴로운 일이었다. 치킨을 주문하며 그는 잃어버린 일상 하나를 되찾았다.

강석경은 아들에게 고맙다. 엄마로 살았던 20년 세월은 동준이가 준 가장 큰 선물이었다고. 그렇게 가면서 던져놓고 간 이별의 상처가 크기도 했지만 일반인들이 결코 다가가지 못하는 삶의 또 다른 영역을 사랑으로 따뜻하게 바라볼 수 있는 시각을 동준이가 만들어주었다. 고통 없이는 이해하기 힘든 삶의 진리. 그건 그가 요양 보호사로 일하면서 살아가는 든든한 밑천이 되어주었다.

"세상에서 경쟁하지 않고 계산하지 않고 그냥 볼 수 있는 마음이라고 해야 하나요. 우리는 계속 경쟁하고 판단하는데 그런 게 별로 중요하지 않다, 나는 나대로 살 힘을 기르게 된 거죠. 난 그래도 괜찮아. 겉으로 그런 척해도 속이 안 그러면 힘든데 나는 속까지 경쟁에서 자유로워지니까요. 무서운 사람이 없다. 그게 아니었다면 여전히 누구 자식은 돈 얼마 벌어, 사돈네는 잘살아, 이런 말에 휘둘리고 상처받았을 텐데 그러지 않는 거. 자랑질하는 걸 손가락질하는 여유?"(웃음)

노동자의 권리에도 눈떴다. 동료들에게 산재 상담을 해주기도 한다. 팬데믹 때 요양 보호사들은 고립된 어르신들과 힘겨운 시간을 보냈다. 사무 보는 직원들이 1년 내내 병동에 한 번을 올라오지 않았다. 그는 회의 시간에 손 들고 건의 사항을 말했다. 오가며 요양 보호사들을 만나면 수고한다는 인사라도 해달라고.

"그런 걸 요구할 수 있는 용기는 아들을 보내고 생긴 힘 중 하나죠."

그는 요양 보호사를 마지막 직업으로 여긴다. 아흔 살 어르신은 이제 여기서 살아야 한다는 걸 받아들이고 그에게 말했다. 당신 죽을 때까지 어디 가지 말라고. 건강이 허락하는 한 그들의 간곡한 당부를 지키고 싶다. 요양 보호사는 돌봄 경력이 인정되지 않아 급여가 적고 인원은 부족하고 개선해야 할 점이 많다. 그래도 자식도 못 하는 일을 해주어서 감사하다는 가족들의 진심 어린 말에 "가슴이 막 차오르"는 이 일이

요양 보호사

아직은 좋다. 찾아오는 자식들에게도 그는 얘기한다. 요양원에 부모를 맡겼다고 죄의식을 느끼지 말아라, 이건 국가가 이용하라고 만든 시스템이다, 자식들은 자기 삶을 멋지고 훌륭하게 살아내야 할 이유가 있다. 내 자식이 안 다치고 행복하게 사는 게 부모가 제일 바라는 일이라는 건 "내가 자식 잃어보고 얻은 깨달음"이라고 말해준다. 부모가 보고 싶을 때 오되 네 남매가 우르르 왔다 가지 말고 일주일에 한 명씩 오라는 현실적인 조언도 잊지 않는다.

점점 더 많은 이들에게 요양원이 삶의 마지막 집이 될 것이다. 어르신들의 죽음을 거두며 그는 상상한다. '나도 저렇게 가겠구나.' 자식이 없다는 건 그에게 크게 중요하지 않아졌다. 요양원에 있다고 불행한 것도 아니고 자식이 많다고 행복한 것도 아님을 눈으로 보았다. 한동안이나마 나를 지켜보았던 사람과 마지막 인사를 하는 것도 괜찮겠구나 생각한다. 지금 내 옆에 있는 어르신들이 외롭지 않도록 뭐라도 해드리러 다가간다. 봉숭아 물든 손으로 가만히 이불을 들춘다.

"내가 그 마음을 아니까."

3부
아우르는 사람

타인의 삶에 뛰어들었고

뭐라도 했다

투잡 노동자가
만세삼창 쓰는 날

청소 노동자

(　　김덕경　　)

시간의 모든 조각을 주워 담아

낭비 없이 일해온 '퍼펙트 데이즈'에 마침표를 찍는 날,

75세 그의 일기장에는

또 한 번 '만세' 두 글자가 쓰이리라.

처음이자 마지막으로 스스로에게 바치는

경배의 말.

김덕경 만세!

그는 지난여름 딸과 일본 후쿠오카에 다녀왔다. 어엿한 직장인이 된 딸이 팔목, 무릎, 어깨 관절 통증을 달고 사는 엄마를 위해 온천 중심으로 일정을 짰다. 덕분에 보들보들한 온천수에서 느긋하게 몸을 녹이고, 유명하다는 우동도 먹고 스시도 먹고 스테이크도 먹었다. 마트에서 할인하는 초밥과 샐러드를 사서 저녁을 때우기도 했다. 당뇨로 제한된 식사만 하다가 모처럼 누린 호사였다. 3박 4일 일정을 위해 연차를 끌어다 쓰는 바람에 휴가를 다녀와 11일을 연달아 출근해야 했다. 그래도 "일 안 하고 그렇게 쉬어본 게 처음"이다. 66년 생애에 첫 해외여행이었다.

그의 노동의 역사는 스무 살에 시작한다. 전주에서 2녀 4남 중 둘째로 태어나 열네 살에 서울로 올라와 고등학교를 마치고 집안 사정이 어려워 바로 취업을 했다. 호텔 구매과 사무원과 세무서 부가세 계산 보조원을 거쳤다. 공무원 시험을 보려고 해도 남동생 넷을 대학까지 가르치느라 언니와 엄마까지 여자 셋이 돈을 벌어야 했다. 나도 공부하고 싶다는 생각을 늘 품고 살았지만 "그때는 시대가 그러니까" 적응을 했다. 만약 대학에 갔다면 하고 싶은 공부가 있었다. 의사는 꿈도 못 꾸었고 간호사가 되고 싶었다. 돌보는 일을 좋아했다. 서른에 결혼하고 나서도 인지 저하증이 온 시어머니를 모신 딱 1년을 제외하곤 돈벌이를 쉬어본 적이 없다. 아니, 쉴 수가 없었다.

딸아이가 초등학교에 들어가던 그해 배우자의 사업이 8년 만에 망했다. "말도 안 되게 말아먹는 바람에" 이혼을 하고 전세금을 빼서 부채의 일부를 상환하고 남은 돈으로 보증금 500만 원에 월세 5만 원짜리 지하 셋방을 구했다. "그때부터 500에 5~7만 원짜리 지하에서 살았죠." 그는 자활 센터에서 하는 기초생활수급자를 위한 교육을 받고 봉제 공장에 취업했다.

"잔업하고 퇴근하면 밤 11시나 빨라야 10시에 와요. 애기 혼자 학교 가게 하고 밥만 차려놓고는 먹고 가라 하고 챙겨주지를 못했죠. 4학년 때인가 아이가 나 영어를 전혀 모르겠다고…….(눈물) 그래서 바로 집 옆에 있는 조그마한 학원을 보냈더니 얼마나 열심히 했는지 성적이 좋아서 영어 수학 학원비를 면제받고 다녔어요. 그때부터 공부를 잘했어요. 중고등학교 때도 장학금으로 다 다니고 전교 1등을 계속했어요.

청소 노동자

아이 때문에 살았죠."

　삶의 두 축인 엄마의 일도 봉제 공장 '시다'의 일도 할수록 만만치 않았다. 시다 업무의 특성상 계속 서서 다림질을 하다 보니 나중엔 서 있을 수 없게 됐다. 화장실에 가면 피가 쏟아졌다. 치질이 생겼고 하지정맥류까지 왔다. 마음 한구석엔 이게 아닌데라는 생각이 꿈틀거렸다. 아무리 돈이 절박하더라도 돈만을 위해 일할 수는 없었다. 자활 센터 프로그램을 다시 살펴보던 중 유독 크게 눈에 들어오는 글자가 있었다. 특수 교육 실무사! 장애아의 학교생활을 돕는 일은 그의 꿈인 간호사 일과 닿아 있었다. 첫 발령지인 초등학교에서 특수 교육 실무사로 10년 넘게 근무했다. 일이 힘들긴 해도 그만큼 보람도 컸다.

　"처음 맡은 뇌병변 아이가 거의 몸을 못 써요. 앉아서 다니는데 온몸이 틀어지고요. 학교에서 복도만 휠체어로 다니고 엘리베이터가 없으니까 제가 안거나 업고 다녔어요. 아이를 앉혀 놓고 돌보고 선생님이 시키는 거 쓰게끔 하고 모르는 거 알려주고 그러면 애가 조금씩 좋아져요. 6년간 돌봐서 무사히 졸업을 시켰는데 이 아이가 하는 말이 13년 키운 엄마보다 제가 말을 더 잘 알아듣고 자기를 더 잘 안대요.(웃음) 일이 적성에 맞아서 오래 했어요. 원래는 정년이 55세였는데 학교 비정규직 노조에 가입해 으샤으샤 해서 56세, 57세로 계속 연장했죠. (집회하러) 서울역에도 나가고 시청도 나가고 1년에 한두 번은 갔을걸요."

부서져라 일했더니 진짜로 부서진 몸

적성에 딱 맞는 직업을 찾아내고 노동 조건을 더 낫게 바꾸면서 노동자의 긍지를 잃지 않고 일하던 그는 특수 교육 실무사로 정년을 맞았다. 그런데 그의 노동 시계는 언제나 하루 여덟 시간을 초과했다. 방학 때는 물론이거니와 학기 중에도 학교가 오후 4시 40분에 파하면 투잡, 스리잡을 뛰었다. 주중에는 식당에서 오후 5시부터 10시까지 일하고, 주말에는 아는 1급 미싱사 일을 도와주고 돈을 벌었다.

"몸이 좋은지 나쁜지도 모르고 정신없이 지냈지요."

몸이 부서져라 일했더니 진짜로 몸이 부서졌다. 2010년 왼쪽 무릎을 수술했다. 투잡 스리잡을 하면서 양쪽 무릎 연골이 다 닳았다. 인터넷 정보를 찾아보니 허벅지 근력을 키우면 무릎 수술을 안 해도 된다고 했다. 그때부터 운동으로 오른쪽 무릎은 버티고 있다. 고지혈증, 당뇨, 고혈압 수치도 경계성을 오갔다. 그도 그럴 것이 늘 빨리 먹고 빨리 일을 해야 했다. 갖춰 먹을 상황이 안 되어 탄수화물을 주로 먹게 되는데 국에 밥 말아 후루룩 때우고 말았지 5대 영양소를 고루 갖춘 양질의 식사를 하지 못했다. 먹는 공부를 본격적으로 했다. 밥을 줄이고 가장 저렴한 채소인 가지, 호박, 당근, 양배추를 한 솥 쪄 먹고 달걀로 단백질을 보충하며 체중을 적정 수준으로 감량했다. "한번 하면 끝까지" 하는 근성으로 간신히 일할 만한 몸 상태를 유지했다.

그러던 어느 날 학교에서 뇌병변 아이를 안아 올리는데

청소 노동자

허리가 끊어지게 아팠다. 원래 한번 일어나면 눕지를 않는데 자꾸 눕고 싶었다. 자궁에 염증이 있으면 허리가 아프다는 누군가의 말을 듣자 귀가 번쩍 뜨였다. 건강 검진 때마다 자궁 이상 소견이 나왔던 게 떠올랐다. 2012년 12월 자궁암 1기 진단을 받았다. 빚이 줄어드는 만큼 정직하게 몸도 축나고 있었다.

"1999년부터 빚을 갚기 시작했어요. 제 앞으로 빚이 1억 5000만 원 있었어요. 적은 월급에서 계속 떼나갔어요. 33만 원, 50만 원…… 22년 걸렸어요. 만세를 불렀죠. 빚 갚는 게 끝났다고 생각하니까 이제부터 벌면 되지 했는데 늙었어. 나이가 먹었어."(웃음)

그는 현재 서울의 호텔에서 청소 노동자로 일한다. 정년퇴직한 사람이 택할 수 있는 예순 이후 일자리는 선택지가 좁았다. 실은 학교에서 근무할 때부터 동료들 업무를 하나하나 눈여겨봤다. 급식 노동자는 다리 관절, 손가락 관절이 아프거나 어깨 탈골로 고생했다. 그의 체력으로는 감당이 불가능해 보였다. 식당 일은 패스. 사람과 사람이 부대껴 오해가 생기는 것도 점점 버거웠다. 활동 보조인도 패스. 담당 구역만 책임지면 되는 청소 일이 그중 제일 할 만해 보였다. 청소 노동자도 급여가 조금이라도 많은 곳은 60세 미만으로 채용 공고가 났다. 일흔 넘어서까지 일할 곳은 드물었고 어렵게 이곳에 입사했다. 그런데 막상 시작한 청소 노동은 생각보다 괜찮지 않았다.

"자괴감?(웃음) 처음에는 비위가 상했죠. 온갖 토사물에 호텔인데도 변을 바닥에다 누고 가는 사람이 있어요. 더럽다는 생각이 드니까 내가 이렇게까지 돈을 벌어야 하나 싶고, 그러다가 지금은 그냥 장갑 끼고 집어요. 아무 생각 없이 의미 부여하지 않고 그냥 내 할 일이다, 빨리 해야 오늘도 간다 하면서요."

일본 영화 〈퍼펙트 데이즈〉의 주인공 히라야마는 도쿄 공공시설 청소부다. 공용 화장실이 주된 배경인데 오물이 나오는 장면은 없다. 말끔하게 표백된 점이 현실과 다르지만 주인공이 규칙적인 일상을 반복하는 점은 그와 닮았다. 기상 시간은 오전 3시 20분. 4시 30분에 알람을 설정해도 매번 한 시간 전 눈이 뜨인다. 몸에 밴 근면함과 삶에 대한 간곡함이 그를 깨운다. 천주교인으로서 기도를 바친다. 기도 내용은 늘 비슷하다. 건강을 지켜달라, 임대 주택 당첨되게 해달라, 딸아이 결혼하게 해달라. 그리고 나라의 평화도 그때그때 뉴스를 보고 빈다.

"일본은 오염수를 왜 방류하나요. 사회에서 일어나는 안 좋은 일들을 보면 이렇게 기도가 올라와요."

사십여 분을 걸어 호텔로 출근한다. 청소 노동자 휴게실은 지하 주차장 한쪽에 임시로 막아 만든 곳이다. 협소하고 바닥에 곰팡이가 잔뜩 피었고 비가 오면 빗물도 샌다. 청결함과 쾌적함이 기본인 호텔에서 가장 중요한 그 업무를 담당하는 노동자의 공간은 정작 불결하기 이를 데 없다. 한번은 그가 상

청소 노동자

급자에게 건의했다. 호텔 3층에 빈 공간이 있다는데 거기를 청소 노동자 휴식 공간으로 해달라고. 그랬더니 상급자는 비꼬는 말투로 "우리 집으로 모실까요?"라고 일축했다.

"연령 제한이 없어서 같이 일하는 언니들이 거의 칠십대예요. 쫓겨나면 갈 데가 없으니까 한마디도 못 해요. 제가 나서서 했는데 그런 식으로 말이 돌아와요. 벽이에요. 그나마 에어컨은 고용노동부에서 검사 나온다고 하니까 달아줬고, 정수기도 없었는데 올봄에야 설치했어요."

아침 식사는 휴게실에서 오트밀과 달걀 두 개로 해결한다. 아예 달걀 한 판을 삶아 휴게실 냉장고에 넣어두고 먹는다. 오전 6시 30분에 근무가 시작된다. 그가 맡은 구역은 1층 로비, 고객 화장실, 레스토랑이다. 대걸레를 들고 엉덩이 붙일 틈도 없이 일하다 보면 점심시간이다. 구내식당에서 밥을 얼른 먹고 2만 5000원 주고 산 중고 자전거를 탄다. 동네를 뺑뺑 돈다. 성치 않은 무릎을 지탱해줄 다리 근육을 키우기 위한 운동이다. 일터로 돌아와 오후 근무를 마치고 오후 2시 30분에 퇴근한다.

청소 노동의 애로 사항은 세제의 독성이다.

"여기 오기 전에 지하철역에서 사흘 일했어요. 남자 소변기에 요석이 끼잖아요. 밤에 이만한 통에 세제를 부어서 담가놔요. 그걸 여는 순간 냄새가 확 찌르면서 눈이 따갑더라고요. 무슨 세제냐고 했더니 알 필요 없대요. 사흘 만에 그만뒀어요. 세제를 어떻게 쓰라는 교육도 안 해줘요. 동료 중에 대기업에

"아프거나 감기가 심하면 출근하기 싫을 때도 있지만

그럼에도 이 나이에 일할 곳이 있으니까 감사하죠.

75세까지 일할 계획이에요.

70세까지는 여덟 시간 일하고,

우리 애는 엄마 힘들다고 못 하게 하지만

70세 이후 5년은 오전에 네 시간만 일하려고요"

서 65세 정년을 마치고 온 분이 있는데 거기서는 월 1회 교육을 한대요. 세제를 이렇게는 쓰지 말아라, 마스크 꼭 써라 하고요."

나이 든 동료들이 환경에도 안 좋고 몸에도 안 좋은데도 락스와 세제를 마구 섞어 쓰는 걸 볼 때 그가 나서서 말리지만 쉬이 바뀌진 않는다. 그의 경우엔 객실에서 버려지는 비누를 룸메이드 동료들한테 달라고 해 모아서 재활용한다. 그걸로 변기를 닦으면 냄새도 안 나고 깨끗하다.

75세까지 일할 수 있기를 바라는 마음

김덕경은 현재 사돈집에서 기거한다. 성당 교우인 올케의 남동생이 사정을 알고 방을 하나 내주었다. 임시로 머물며 임대 아파트 공고가 나오는 대로 신청하고 있다. 3년째 청약을 넣지만 계속 떨어진다.

"평생 빚 갚다가 방 한 칸도 마련하지 못했어요. 일단은 내 집을 갖고 싶어요. 집이라기보다 공간. 먹는 거, 입는 건 어떻게든 하는데 공간이 없다는 게 힘들어요."

고생 끝에 낙이 한 자락 오긴 왔다. 법학을 전공한 딸이 변호사가 돼 마침내 로펌에 취직했다. 원래 로스쿨은 언감생심이었다. 턱없이 비싼 학비와 공부할 시간을 마련하기 어려워서다. 가난한 사람은 시간의 빈자다. 딸아이가 대학생 때처럼 아르바이트를 병행해서는 도저히 감당할 수 있는 학업량이 아니었다. 이래저래 엄마로서도 권하지 못했다. 포기한 줄

청소 노동자

알았던 딸이 3년 후 다시 공부하고 싶다는 뜻을 피력했을 때 그는 수락했다. "자기가 하고 싶은 거 해야 후회 없다"라는 생각에 천금 같은 전세 보증금을 헐었다.

"딸아이 로스쿨 합격하고 제가 일기에도 썼어요. 만세!(웃음) 두 글자. 빚 갚았을 때도 만세."

회사 근처에 작은 원룸으로 독립한 딸은 매주 로또를 사는 것으로 엄마의 고생을 하루라도 빨리 끝내고 싶은 마음의 초조를 달랜다. 딸은 그에게 하나뿐인 혈육이자 고난을 함께 한 동지다.

"딸도 고생 많이 했어요. 어느 해인가 여름에 폭우가 와서 지하 셋방에 물이 찬 거예요. 제가 직장에서 일하고 있으니까 주인아저씨가 어린애한테 양동이에 물을 퍼주고 계단 올라가서 버리라고 한 거예요. 그래서 사람들이 영화 〈기생충〉 보고 되게 감동했다는 말들을 했을 때 저는 싫었어요. 저는 영화를 봤지만 우리 애는 〈기생충〉 안 봤어요. 보려고도 안 하고 알려고도 안 하고요. 우리 동생들 조카들은 부유하게 살아서 그런 거 모르잖아요. 가족 모임 하면 〈기생충〉 봤다 어쨌다 하는데 딸하고 나는 아무 말 안 했죠."

당시 아이가 물 퍼냈다고 했을 때는 이런 고통을 안긴 남편이 원망스러워 나타나기만 해봐라! 하며 벼르고 별렀다. 걷잡을 수 없이 치밀어 오르는 화를 잠재워준 건 기도와 일기, 그리고 가난에 짓눌리지 않고 살아갈 힘을 준 건 딸의 편지였다. 밤 11시에 일 끝나고 집에 왔더니 아이가 발소리가 너무 무섭다고 편지를 써서 엄마의 베개 위에 올려놨다.

"빚이 너무 많고 사채까지 썼으니까 애가 불안해했어요. 초등학교 6학년인데 아이 혼자 집에 있으니 얼마나 무서웠겠어요."(눈물)

그는 아이가 쓴 편지를 코팅해 지금까지 갖고 있다.

"아이 마음을 잊지 않고, 그 상황을 잊지 않으려고요."

김덕경은 화초 키우기를 좋아한다. 죽었던 화초도 살려내는 마법의 손을 가졌다. 화초랑 대화도 많이 나누고 대화 내용을 일기에 쓰기도 한다. 딸이 사는 원룸에도 들를 때마다 건물 현관 입구에 화초를 하나둘 가져다 놓고 키웠다. 그랬더니 건물 주인이 좋아하며 이참에 빌라 청소를 좀 해달라고 부탁했다. 일주일에 한 번씩 청소를 해주고 20만 원을 받는다. 다시 투잡 스리잡이 시작된 거냐고 묻자 손을 내저으면서 "이 정도는 투잡이 아니죠"라며 환하게 웃는다.

"아프거나 감기가 심하면 출근하기 싫을 때도 있지만 그럼에도 이 나이에 일할 곳이 있으니까 감사하죠. 75세까지 일할 계획이에요. 70세까지는 여덟 시간 일하고, 우리 애는 엄마 힘들다고 못 하게 하지만 70세 이후 5년은 오전에 네 시간만 일하려고요."

시간의 모든 조각을 주워 담아 낭비 없이 일해온 '퍼펙트 데이즈'에 마침표를 찍는 날, 75세 그의 일기장에는 또 한 번 '만세' 두 글자가 쓰이리라. 처음이자 마지막으로 스스로에게

청소 노동자

바치는 경배의 말.

김덕경 만세!

쿠팡의 연료가 된

내 아이의 삼십대는 어땠을까

산업 재해 노동자 어머니

(박미숙   )

음성도 온화하고 부드러운 미소를 지녔다.

그가 싸우는 건 과격해서가 아니라 절실해서다.

자식을 낳은 엄마이자 자식이 죽는 걸 본 사람이라서다.

사랑을 줄 때조차 사랑을 받은 한 존재를 향한

미안함과 고마움이 커서다.

모르는 이들을 향한 이타심, 진실을 알리고자 하는

사명감 같은 인간 보편의 감정에 따르는 것이다.

해 질 녘이 되자 강바람이 밀려오며 대기가 성급히 식어
간다. 10차선 송파대로를 가득 메운 차들은 줄 맞춰 흘러가고
자본의 수직 욕망을 과시하듯 치솟은 빌딩들은 낮 동안 머금
고 있던 노동자들을 한 줌씩 뱉어낸다. 잠실역 7번 출구 타워
730 앞. 퇴근을 재촉하는 발걸음들 사이로 한 여인의 음성이
잔잔하게 깔린다.

"4년 전 평범했던 우리 집은 많은 것이 변했습니다. 함께
밥을 먹는 게 당연했던 식탁은 서로를 피하는 장소가 되어버
렸고 늘 서로의 이야기를 하느라 시끄러웠던 거실은 침묵의
공간으로 변했습니다. (……) 쿠팡에서 일을 하다가 죽은 덕준
이가 제대로 눈을 감을 수 있겠습니까? 우리는 쿠팡을 이길
수 없어요라고 말하던 덕준이의 절망감을 제가 똑같이 느끼

고 있습니다."

목소리의 주인공은 박미숙. 쿠팡 칠곡물류센터에서 일하다 과로사로 숨진 청년 고 장덕준의 엄마다. 10월 11일 아들의 4주기 추모문화제를 맞아 아들을 앗아간 기업의 본사 앞에서 아들과 아들처럼 속절없이 죽어간 노동자들을 위해 '애도투쟁'을 이어가겠다고 말하고 있다. 발언문을 쥐고 뿔테 안경 너머로 한 줄 한 줄 읽어 내려가는 음성은 높아지지 않고 깊어진다. 외침보다 기도에 가까운 어조다. 아들 없는 가을날 얼굴을 어루만지는 바람에서 아들을 느끼며 노동 단체 깃발이 펄럭이고 행인이 오가는 길거리에서 마이크를 잡는 게 더 이상 낯설지 않은 일이 되었다. 운명이 카드를 뒤섞어놓으면 우리는 그대로 끌려갈 뿐이라는 쇼펜하우어(Arthur Schopenhauer)의 말대로 삶이 그를 거기에 데려다놓았다.

박미숙은 새벽부터 대구에서 서울행 열차를 탔다. 쿠팡을 상대로 한 손해배상소송 8차 재판이 있는 날로 이달에만 벌써 네 번째 상경이다. 동부 지법 근처 인터뷰 장소에 들어온 그는 공간을 한눈으로 둘러보고는 아늑하고 좋다며 말문을 열었다.

"저희는 이야기만 할 수만 있으면 장소랑 상관없이 감사하죠. 4년이 됐잖아요. 사람들이 4년이면 다 해결됐을 거라고 생각하지 아직까지 진행되고 있다고 생각하지 않거든요. 심지어 가족까지도 산재 인정되면 끝 아니냐고 인식하니까 저희가 입을 다물어버리면 이 사실은 알려지지 않아요."

산업 재해 노동자 어머니

아들 덕준은 돈을 벌기 위해 쿠팡 물류센터에 나갔다. 근무 시간은 저녁 7시부터 다음 날 새벽 4시. 입사한 지 14개월이 되는 2020년 10월 12일 새벽 6시에 귀가한 아들은 집에 오자마자 까치발을 하고 곧장 욕실로 향했다. 밤새 땀과 먼지로 덮인 옷들을 문 앞에 벗어놓고 씻으러 들어갔다. 평소와 달리 한참이 지나도 나오지 않자 들어가 보니 아들이 가슴을 움켜쥐고 욕조에 엎드려 있었다. 그길로 응급실에 갔으나 도착하고 한 시간 후 숨을 거두었다. 사망 원인은 급성심근경색. 고인은 숨지기 전 12주 동안 매주 쉰여덟 시간 넘게 일했고, 마지막 일주일은 예순두 시간 십 분 야간 고정 근무를 했다. 근로복지공단은 고인이 극심한 육체노동에 시달렸다는 점을 인정해 산업 재해로 판정했다. 이후 유가족은 쿠팡을 상대로 손해배상청구 소송을 제기했고, 쿠팡은 과로사를 인정하지 않고 있다. 외려 업무는 전혀 힘든 게 없고 과도한 다이어트로 사망했다, 네 시간 골프를 쳐도 1만 5000보 걷는다는 등의 말로 고인에게 책임을 전가하고 있다. 물류센터에서 정신없이 뛰어다니고 이쪽저쪽 계단을 오르내리느라 몸이 삭는 중노동을 골프에다 비유하는 말에 박미숙은 가슴이 무너지는 아픔과 분노를 느꼈다. 지난 5년간 쿠팡에서는 그의 아들을 포함해 20여 명이 숨졌다. '로켓 배송'의 연료가 된 것이다. 그가 싸움을 말하기를 멈출 수 없는 이유다.

남은 식구는 함께 밥상에 앉지 못한다

그날 이후 박미숙은 "아들이 사라져버린 공포"와 무기력을 견뎌야 했다. 더 이상 밥상엔 온기가 돌지 않았다. 원래는 장남 덕준 아래로 둘째 아들과 막둥이 딸까지 다섯 식구가 '먹부림'에 진심이었다. 소비의 80퍼센트가 식비로 나갔을 정도다. 남편 고향인 경상북도 울진의 특산품 송이는 꼭 챙겨 먹었는데 특상품은 비싸서 못 사고 등외품이나 북한산을 상에 올렸다. 대게도 다리 한두 개씩 빠져 있는 걸로 산지에서 구입해 다섯 식구가 푸짐하게 먹어치웠다. 동네를 다니다 보면 여기저기서 아들이 보인다. 저 집은 언제 갔었지. 근처 역전 할매맥주는 토요일에 덕준이 아빠랑 마지막으로 맥주를 마신 곳이다.

"우리가 봐도 쿠팡 일이 힘들고 장래가 없으니까 그만두라고 말하려고 같이 간 데예요. 그 집은 못 보죠. 다 그래요."

추억이 가장 많은 곳이 돼지갈빗집. 거기 가면 남자 셋이 15인분을 해치웠다. "고개 박고 안 들고 먹어요. 남자애 둘은 짐승이거든요".(웃음) 식구들이 간에 기별만 가는 게 아니라 배 터지게 먹자는 주의였고 점심을 먹으면서 저녁 메뉴를 논의하는 게 일상이었다. 새로운 음식에 호기심이 많았던 덕준은 사고가 나기 이틀 전 동네에 새로 생긴 일식집에서 텐동을 세 그릇 포장해 와 동생들과 나눠 먹었다. 다음 날에도 다시 같은 메뉴로 세 그릇을 사 왔다. 이 집 음식 맛있으니 엄마 아빠도 드셔보시라고. 덕준은 이틀 연속 텐동으로 늦은 점심을

산업 재해 노동자 어머니

먹고 일요일 낮에 출근했다. 그게 덕준이와 함께한 마지막 식사가 되었다.

"한 사람이 사라지고 나니까 남은 네 식구도 밥상에 같이 앉지를 못해요. 우리가 좋아하던 음식을 못 먹는 것보다 넷이 같은 밥상에 앉지 못하는 게 더 슬퍼요. 가족이 다 있을 때 집에서 애가 그렇게 됐잖아요. 저희가 느끼는 죄책감은 어떻게 표현을 못 합니다. 왜 더 빨리 발견하지 못했을까. 그게 넷의 공통된 죄책감이에요."

형이랑 친구처럼 싸우면서 자란 둘째 아들은 장례를 치르고 완전히 폐인이 되어버렸다. 부모의 얼굴을 안 보려고 한다. 낮에는 자고 밤에 아무도 없을 때 움직인다.

"얘가 계속 우리를 피하니까 상담을 권유했더니 화내면서 안 한다고⋯⋯. 어느 날 이야기하더라고요. 어머니가 차려주는 밥을 못 먹겠어요."

열네 살 터울로 큰오빠의 사랑을 듬뿍 받은 막내는 당시 중1이었다. 오빠의 죽음도 아직 못 받아들이는데 학교 친구들한테 부고가 알려져 자신이 불쌍하게 보이는 건 더 지옥인 나이였다.

"얼마 전엔 학교에서 야간 노동 이야기를 하다가 오빠 이름이 언급됐다고 저 서울에 있는데 장문의 문자를 보냈더라고요. 내가 학교에서 이런 일을 당했다. 중학교도 학교생활 못 했는데 고등학교 생활도 못 하게 하느냐. 애는 빨리 손 놔라, 나도 살아야 하는 거 아니냐고 해요. 미안하다고밖에 말

못 해요.”

　막내는 오빠의 죽음 이후 일주일씩 입을 닫아버렸다. 한
번은 집을 나가 답장도 없다가 밤 12시가 다 돼 연락이 왔다.
지금 어디 있는데 데리러 와달라고. 마음이 괴로워 버스나 지
하철을 타고 끝까지 왔다 갔다 헤맸다. 남편의 애도 방식도 그
와는 달랐다. 애 하나 잃었으면 됐지 이제 남은 애들 둘을 챙
겨야 한다고 말했고, 명절이나 덕준의 생일이면 제사상을 차
리길 원했다. 박미숙은 그러고 싶지 않다.

　“아직 애가 죽었다는 생각이 안 들어요. 지금도 문을 열
고 들어올 거 같거든요. 근데 제사를 지내면 인정하는 게 되
니까요. 납골당을 저는 못 가겠고 아빠는 가고 싶어 해요. (외
부 활동도) 그만하자고 산재 승인받을 때까지만 하기로 각서를
썼어요. 애들 아빠는 저한테 투사라고 하는데 저 투사 아니고
요, 나는 이렇게 애를 보낼 수 없다는 마음이죠.”

　집안의 첫 손자로 태어난 덕준은 할머니 할아버지에게
각별한 존재였다. 품에서 품으로 옮겨 다니느라 발이 땅이 닿
지 않을 만큼 애지중지 컸다. 분가하던 6학년 때까지 엄마보
다 할머니가 주로 챙겼다. 그래서 그에겐 “애를 많이 품지는
못했다는 미안함”이 있다. 그리고 미안함은 고마움으로 인해
더 깊어진다.

　“덕준이랑 대화를 많이 했어요. 애가 사회학이나 심리 관
련 책을 많이 읽었어요. 인간 본성에 관심이 많고 굉장히 공감
도 잘해줘요. 내가 답답할 때 소주 한잔 하자고 하면 애는 함

께 나가요. 자기가 안 마셔도 말벗이 되어주려고요. 피곤할 때 사우나 갈까 해도 가요. 우리 어머니 흉도 같이 보고, 덕준이는 제삼자니까 제가 충고도 많이 받았죠. 아빠하고 술친구도 해주고 자식이지만 친구였어요. 친구들이 마마보이라고 한다고.(웃음) 엄마한테 시시콜콜 다 이야기하니까요. 나이를 떠나서 저하고 이렇게 소통이 잘되는 대상이 있다는 게 행운이었죠. 이런 소중한 사람을 잃었다는 상실감이 겹쳤어요."

그가 쿠팡과 싸움을 멈출 수 없는 이유에는 이타심도 깃들어 있다. 동생들이 살아갈 세상이 덕준이 산 세상이랑 똑같으면 얼마나 비참할까. 장례식장에 찾아온 덕준의 동료들은 재판을 앞두고 조심스레 터놓았다. "어머니, 이거 우리 밥줄이에요. 증언하고 싶지만 그러고 나면 이 회사 못 다녀요." 이토록 슬프고 부조리한 현실을 알아버렸기에 그는 뭐라도 하려 한다. "나까지 아무것도 안 하면 결국은 나도 방관자일 뿐"이기에.

"덕준이가 이 회사 너무 주먹구구식이다, 처음 봤다, 동네 구멍가게 같다는 이야기를 했었어요. 밖에서 보는 쿠팡은 혁신적인 IT기업이잖아요. 근데 애가 들어간 현실은 사람이 다 일하고, 관리자에 따라 업무 처리 속도가 달라지고, 누가 오느냐에 따라서 밑에 사람이 고생을 한다는 거예요. 니가 쿠팡에 있는데 니가 바꿔야지 바깥에 있는 사람은 모르는데라고 쉽게 말했어요. 그러고 한 달 만인가 사고 나서 죽었죠. 그 말이 너무 후회스러워요. 교과서적인 말이었던 거예요."

"동생들이 살아갈 세상이

덕준이 산 세상이랑 똑같으면 얼마나 비참할까,

애들 아빠는 저한테 투사라고 하는데

저 투사 아니고요,

나는 이렇게 애를 보낼 수 없다는 마음이죠"

박미숙은 사고 이듬해 산재 승인을 받아내고 《마지막 일터, 쿠팡을 해지합니다》(민중의소리, 2022)의 공저자로 글을 썼다. 2023년 민사 소송을 시작했다. 서울 왕복에만 10만 원이 드는 교통비와 하루라는 시간을 통으로 써가며 국회 토론회에 참여하고 언론 인터뷰에도 응하고 있다. 쿠팡 과로사를 다룬 MBC 〈PD수첩〉 '죽어도 7시 도착 보장' 편에도 비중 있게 출연했다. 〈PD수첩〉 화면 속 그는 흡사 과학 수사 요원이다. 아들이 일하는 현장의 200시간짜리 CCTV를 계속 돌려보며 동선을 분석하는 모습이 나온다. 작업장 도면이 없으니 등기부 등본을 떼고 위성 사진으로 거리를 측정한다. 사업장 면적이 축구장 크기일 것으로 유추하고 동료들에게 전화해 위치를 물어보고 대조해가며 덕준이의 근무 시간 걸음수를 산출한다. 이 복잡한 상황을 엄밀하게 추적해가는 게 어렵지만 결코 힘들지는 않다며 화면 속의 그는 말한다. "덕준이가 움직이는 걸 보니까 좋다"라고. 또 아들이 입던 허리 33, 30, 28인치 바지 세 벌을 증거로 보여주며 야간 근무의 혹독함을 설명했다. 키 172센티미터에 78킬로그램으로 현역 군 복무를 마친 건장한 이십대 청년 덕준은 쿠팡을 다니던 14개월 동안 몸무게가 15킬로그램이나 줄었다.

"쿠팡 측에서 업무상 재해 판정을 신뢰할 수 없다고 나와요. 공적 기관의 조사를 신뢰하지 못한다면 우리는 뭘 가지고 증명해야 합니까? 제가 할 수밖에 없죠. CCTV가 화면도 작고 끊겨요. 200시간이나 되는데 그걸 누가 보겠어요. 회사 측이

산업 재해 노동자 어머니

저 헛소리를 못 하게 하려면 제가 해야죠. 어떻게 해야 사람들에게 진실하게 다가갈 수 있을까 그 생각만 해요."

박미숙은 자연에서 난 음식들, 그중에도 제철 나물을 좋아한다. 봄에는 향이 좋은 취나물, 방풍나물을 데쳐 먹는다. "겨울에 추위 다 머금고 땅의 정기를 받아서 나오는 봄 첫 나물이 제일 맛있더라고요." 음성도 온화하고 부드러운 미소를 지녔다. 그가 싸우는 건 과격해서가 아니라 절실해서다. 자식을 낳은 엄마이자 자식이 죽는 걸 본 사람이라서다. 사랑을 줄 때조차 사랑을 받은 한 존재를 향한 미안함과 고마움이 커서다. 모르는 이들을 향한 이타심, 진실을 알리고자 하는 사명감 같은 인간 보편의 감정에 따르는 것이다.

쿠팡의 목표대로 세상이 굴러간다는 것

왼손 검지손가락에 붕대가 두툼하게 감겨 있다. 며칠 전 나무를 옮기다가 다쳤다. 그는 목공방을 운영하며 반지부터 식탁 같은 가구까지 만들어 팔고 목공을 가르치기도 했다. 아들을 잃고 더는 일을 하지 못해 목공방을 잠시 접은 상태다. 친구도 만나지 않고 여가 생활도 없다. 다음 주도 다다음 주도 서울 오는 일정이 잡혀 있다. 몸 상태는 생각하지 않는다. 아예 모르는 게 낫겠다 싶어서다. 그런데 얼마 전부터 속이 쓰리고 위장이 아픈 증상이 심해졌다. 이러다 막내가 대학 갈 때까지 못 버틸지 모른다는 위기감이 들어 건강 검진을 받았다. 세 아이의 양육자로서 책임이 버겁기도 하지만 그를 웃게 하는 건 또 오로지 아이들이다.

"둘째나 셋째랑 밥 먹는 거, 그게 제일 좋아요. 한 번씩
애들이 같이 먹어줄 때가 있거든요.(웃음) 한번은 막둥이랑 싸
우고 나서 출근했다가 들어오니까 막둥이가 밥상을 차려놓았
어요. 미역국 끓이고 통조림 꺼내서 고등어조림을 해놓았더
라고요. 그날이 제 생일이었거든요. 제가 워낙 커피를 좋아해
요. 덕준이 간 이후로 끊었는데 둘째가 가끔 원두를 사 와요.
저녁밥 먹고 나면 커피를 내려놔요. 애가 기분 좋으면 같이 한
잔씩 맛을 보는데 그게 제일 행복해요."

덕준이는 배를 타고 싶어 했다. 더 넓은 데로 항해하러
나가고 싶다며 부산해사고등학교를 원했으나 실업계는 절대
안 된다는 조부모의 반대로 인문계를 갔다. 그래도 바다에 나
가고 싶은 꿈은 내려놓지 않았다. 혼자 여수 바다로 여행을 가
해상 공원에서 노숙을 하기도 했다. 일본 문화를 좋아해 일본
에 갈 때도 배를 탔다. 짱구를 좋아하는 막내가 나도 데려가달
라고 해서 돈 모으고 스케줄을 잡아 둘이 '짱구마을'에 다녀오
기도 했다. 동생이랑 갈 때는 비행기를 탔다.

"대학교 졸업하고는 배 타고 싶다고 원양 어선 알아보고
했어요. 그러다가 쿠팡을……. 팬데믹 터지면서 일자리가 줄
어들던 시기라 불안정했죠. 애는 일하면서 돈을 모았어요. 나
중에 마흔 넘으면 보육원을 하고 싶다고요. 다양한 거, 새로운
걸 좋아했어요. (침묵) 우리 애도 지금 살아 있었으면 서른이
넘었겠죠. 삼십대는 또 어땠을까요……. 내가 힘들어할 때 덕

산업 재해 노동자 어머니

준이라면 지금 무슨 얘기를 해줄까. 옳다 그르다가 아니라 들어주고, 그렇게 생각할 수 있지라고 말해주고 그랬겠죠. 얘 말투가 생각이 나요. 그게 위안이 돼요."

휴대 전화에 등록된 세 남매 이름은 각각 '든든한 놈' '멋진 놈' '사랑돌이'다. 이름처럼 저마다의 존재로 비애에 젖어 무너지려는 엄마의 삶을 힘껏 떠받치고 있다.

쿠팡이 미국 뉴욕 증시에 상장하며 제출한 보고서에 따르면 "쿠팡 없이 어떻게 살았더라?"라는 말이 고객들의 입에서 자연스럽게 나오는 세상을 만드는 것, 그게 쿠팡의 미션이다. 그들의 목표대로 세상은 굴러간다. 타임 푸어(time poor)가 넘쳐나는 사회에서 소비자는 '로켓 배송' '오늘 배송' 같은 속도와 편리함에 길들여졌다. 노동자의 죽음은 의식하지 못한 채. 그렇다고 박미숙은 쿠팡을 쓰는 사람들을 원망하진 않는다. SPC 노동자 사망으로 불매 운동이 일어났을 때 그는 갖고 있던 쿠폰을 빵으로 바꿔 왔다. 그걸 보고 막둥이가 화를 냈다. "엄마는 쿠팡만 가지고 그러지 SPC도 나쁜데 왜 사 먹냐"라며 또랑또랑한 목소리로 따졌다.

"저도 사고 소식을 알았는데 무의식적으로, 살던 습관대로 SPC를 썼잖아요. 이런 사고를 당하지 않았을 때는 쿠팡을 이용하진 않았어도 좋은 회사로 알았어요. 사고 후에 드는 생각이 정말 제대로 봐야겠다. 4년간 싸우면서 쿠팡은 비열한 회사, 진짜 사람을 사람으로 생각하지 않는 회사라는 게 제가 받은 인상이거든요. 법의 허점을 교묘히 이용해서 성장하고 있어요. 근데 사람 생명보다 앞서는 법은 없잖아요. 과연 안전한 회사에서 사람이 이렇게 죽어나갈 수 있나요. 열린 눈으로 제대로 봐야 해요. 저도 일을 겪으니까 보이게 된 거죠."

쿠팡에 다닐 때 아들은 양팔저울의 비유를 들어가며 말하곤 했다. 내가 편하다고 느끼는 순간 누군가 짐을 지고 있는 거라고. 그는 아들이 숙제를 남겼다고 생각한다. 덕준의 목소리를 듣는다. "엄마 하는 거 함 보자." 엄마도 고생하라는 말이 아니라 현재에 집중하며 살아야 한다는 뜻임을 덕준이 27년 삶으로 보여줬다고 그는 믿는다.

산업 재해 노동자 어머니

【 부기 】

박미숙은 2025년 1월 쿠팡 택배 노동자 심야 노동 등 근로 조건 개선을 위한 국회 청문회를 앞두고 쿠팡과 합의서에 도장을 찍었다. 그해 쿠팡의 대규모 개인 정보 유출 사태가 일어나면서 12월 중순 '공익 제보자'가 등장했다. 전 쿠팡 개인정보보호 최고책임자(CPO)는 장덕준 과로사 사건을 김범석 쿠팡Inc 의장이 축소, 은폐하려 했다는 메신저(시그널)와 고위 간부들이 주고받았다는 메일 내용 일부를 언론에 공개했다. 김범석 의장은 "그가 열심히 일하는 기록이 남지 않도록 확실히 하라" "(시간제 노동자인) 그가 왜 열심히 일하겠나. 말이 안 된다" "물 마시기, 대기, 잡담, 서성거림, 짐 없이 이동, 화장실" 등을 구체적으로 언급하며 장 씨가 '일하지 않는 장면'을 찾아내라고도 지시했다. 쿠팡 직원들은 과로사를 부정하기 위해 CCTV 영상을 분초 단위로 검토해 장 씨가 화장실을 가거나 물을 마신 시간을 기록한 파일을 만들기도 했다. 2025년 12월 30일 국회 연석 청문회에 출석한 박미숙은 "김범석 의장의 산재 은폐 지시와 쿠팡의 열악한 노동 환경에 대한 진실을 밝히고 제대로 처벌될 수 있도록 해달라"라고 요청했다. 2026년 1월 7일 개인정보보호위원회는 쿠팡이 장덕준 씨 관련 CCTV 영상을 동의 없이 분석하고 활용했다는 의혹에 대해 조사에 착수한 상태다. 박미숙은 고용노동부에 아들의 산재 은폐 의혹 등과 관련 김범석 쿠팡Inc 의장을 고발한 지 두 달이 지났지만 여전히 수사에 진전이 없자 3월 31일 쿠팡 노동자의 건강한 노동과 인권을 위한 대책위원회 등과 함께 서울 중구 서울고용노동청 앞에서 기자 회견을 열고 "김영훈 고용노동부 장관이 유가족 측의 면담 요구에 응할 때까지 노동청 앞에서 1인 시위를 이어가겠다"라고 밝혔다.

이처럼
의로운 것들

전국셔틀버스 노조 위원장

(박사훈   )

그가 양손을 내밀어 앞뒤로 뒤집는다.

곳곳에 흉터가 우툴두툴 굵은 힘줄처럼 도드라졌다.

박사훈의 '모른 척하지 않음'의 역사다.

타인의 삶에 뛰어들었고 뭐라도 했다.

이처럼 사소한 것들이 합쳐져 박사훈만의 66년을 이루었다.

자신의 존재 방식을 끝까지 밀고 나가면서도

외롭지 않은 생이었다.

1985년 아일랜드 소도시를 배경으로 한 클레어 키건 (Claire Keegan)의 소설《이처럼 사소한 것들》(다산책방, 2023) 속 주인공 빌 펄롱은 아내와 다섯 딸과 소박한 가정을 이루고 사는 석탄 상인이다. 어느 날 지역 수녀원에 석탄을 배달하러 갔다 그곳에 감금된 채 학대받는 여자아이들을 우연히 보게 된다. 자신이 목도한 진실에 붙들려 뒤척이는 그에게 아내는 "사람이 살아가려면 모른 척해야 하는 일도 있는 거야. 그래 야 계속 살지"라고 말한다.

　　소설 안팎에서 무슨 법처럼 우리의 정신과 행동을 지배 하는 말이다. 남 일에 끼어들면 평온한 일상이 깨지며 먹고살 기 힘들어질지 모른다는 공포가 내면에 자리해 있다. 그게 사 실일까. 만약 눈앞의 불의와 타인의 고통에 고개를 돌리지 않는다면 어떤 삶이 펼쳐질까.

1986년 박사훈은 서울시 송파구에 있는 영동교통에서 버스 기사로 일했다. 어느 날 구내식당에서 점심을 먹고 나오는데 사무실 쪽에서 큰소리가 들렸다. "이 늙은이야, 자신이 없으면 집구석 가서 손주나 보고 처 자라." 안을 들여다보니 젊은 관리부장 이○○가 최고령자인 사번 1번 김○○를 윽박지르고 있었다. 그는 왜 들어갔는지도 모르게 빨려 들어갔다. 관리부장이 다짜고짜 "넌 뭐냐"라고 을러댔고 순간적으로 모멸감을 느낀 그가 받아쳤다. "나 여기 기사다." 이에 발끈한 관리부장은 "뭐 이런 미친놈이 다 있어"라며 목청을 높였고 그는 할 말을 했다. "이런 못된 놈이 다 있네. 이 사람아, 자네 아버지뻘도 되겠다, 어디 그렇게!"

그길로 두 사람은 사무실에서 나와 버스 기사들에게 둘러싸여 정식으로 한판 붙었다. 유도 실력자인 경찰 출신 관리자 이○○와 타고난 맷집의 싸움꾼 버스 기사 박사훈은 삼십분간 화려한 피의 전투를 벌였다. 그날 이후 퇴사를 각오하고 있는 그를 어용 조합장에 맞서 노조민주화추진위원회 활동을 하는 고○○ 선배가 불렀다. "당신은 잘못한 거 없으니까 절대 회사 그만두지 말고 우리랑 같이합시다."

벌써 40년 전 일이다. 버스 기사로 일하다 노조에 합류하게 된 사건을 그는 어제 일처럼 생생하게 들려주었다. "기억에서 안 지워지는 이름들"을 하나하나 불러가며.

왜 그때 그냥 지나치지 않았는지 묻자 그가 양손을 내밀

전국셔틀버스 노조 위원장

어 앞뒤로 뒤집는다. 곳곳에 흉터가 우툴두툴 굵은 힘줄처럼 도드라졌다. 박사훈의 '모른 척하지 않음'의 역사다. 종로1가 뒷골목에서 교제 폭력을 당하는 여성을 보고 끼어들었다가 해 남성이 휘두르는 소주병에 찔린 스무 살 무렵의 흔적도 있다. 몸에 남은 상흔이 방증하듯 그는 빌 펄롱처럼 고민과 주저 끝에 행동에 나서는 유형은 아니다. 상황에 맞닥뜨리면 "저건 내가 개입해야 한다는 게 자연스럽게 되"는 편이다.

덕분에 그는 버스 기사 동료에게 히어로가 되었고 사측에는 "놔두면 큰일 나는 인물"로 찍혔다. 1987년 노동자 대투쟁이 끝나고 1988년 영동교통에서 교섭을 앞두고 회사가 무리하게 그를 해고했다. 복직 투쟁 중 노조에서 대표의 공금 횡령을 밝혀냈다. 대표가 구속되면서 회사는 공중분해되고 기사들은 타사 세 곳으로 나누어 고용 승계가 되었다. 단, 사측에서 단서 조항을 달았다. 박사훈은 못 받는다고. 이를 수락하는 대신 그도 조건을 걸었다. 어용 조합장 집행부를 절대 받지 마시오. 그렇게 구속시킬 사람 구속시키고 몰아낼 사람 몰아내고 일할 사람 일하도록 제자리를 잡아놓은 다음 버스 기사를 그만두었다. 그에겐 잊지 못할 싸움이다. 안하무인이던 사측과 조합장들이 노동자들을 대하는 "태도가 달라졌다". 공금을 빼돌리고 임금은 체불하는 운수 회사의 악질적 비리와 관행에 제동이 걸렸다. 박사훈이라는 이름 석 자를 통해 노동자 무서운 줄 알게 했다.

사실 더 어리고 힘이 세지 않던 시절에도 그는 약한 존재를 외면하지 못했다. 인왕산 치마바위에서 뛰어놀고 세검정에서 친구들과 멱 감고 놀던 개구쟁이 시절 중학교 2학년 5월에 아버지가 돌아가셨다. 십대 상주가 된 소년 사훈은 세 형제의 맏이로서 네 살 어린 둘째, 백일이 안 된 막내를 책임져야 한다는 생각뿐이었다. 슬플 틈도 없이 학교를 관두었다. 행상을 해서라도 장남을 공부시키겠다는 어머니의 만류를 뒤로한채 큰외삼촌이 원효로에서 운영하는 '승일오토바이'로 찾아가 일을 배웠다. 첫 월급이 1800원. 어머니께 고스란히 드리고 용돈을 받아 쓰며 주경야독으로 검정고시를 치렀다. 열아홉 살엔 친구들과 합심해 연신내 빌라에 '정훈학원'을 차려 직접 영어 교사로 나설 만큼 일찍이 사업 수완이 남달랐고 공부에도 소질을 보였다. 판검사 아들이 소원이라는 어머니의 뜻에 따라 건국대학교 법대에 들어갔으나 가정 형편으로 끝까지 다니진 못했다. 그렇게 10년 넘게 오토바이 정비업에 종사하다 평생 직업을 구하고자 택시 면허를 땄고, 다시 버스로 탈 것의 몸체를 키워갔다.

셔틀 노조의 탄생

박사훈의 직함은 버스 기사에서 버스 기사의 동지로 바뀌었다. 1994년 서울을 벗어나 대구, 마산 등 지역에서 1년씩 터를 잡고 살면서 버스 기사들을 만나가며 민주버스 노조를 조직했다. 그의 독학 능력은 여기서도 빛을 발했으니 관련 법을 공부해 정관을 만들고 노동자가 주인 되는 '노동자 자주관

전국셔틀버스 노조 위원장

리기업'을 지역에 설립하기도 했다. 과정은 이랬다. 영동교통 대표처럼 돈을 빼돌리고 다른 데 투자하면서 임금은 체불하는 악덕 업체를 "잡았다". 대표 이사를 구속시키고 구치소 면회실에 정보과 형사랑 들어가 경영권 포기 각서에 인감을 받은 다음 조합원 총회를 연다. 조합원들에게 이건 당신네 회사다, 당신들만 잘하면 착취당하지 않는다, 노동자들이 대표 이사도 하고 전무, 상무도 맡아보고 회사 잘 운영하면 된다고 독려한다. 그렇게 만들어진 청주 우진교통, 진주 삼성교통, 대구 달구벌버스, 진주 시민버스는 지금도 잘 경영되고 있다.

그의 눈길은 더 낮고 더 작은 존재로 향했다. 2011년 민주버스 본부장을 하던 시절 "나는 셔틀을 반드시 조직한다"라는 계획을 야심 차게 품었다.

"사람 태우고 다니는 운송 수단을 여객 버스라고 해요. 농어촌과 서울의 마을버스, 시내·시외버스, 고속버스, 관광버스까지. 대한민국에 여객 버스 차량이 10만 대가 안 돼요. 그런데 아이들 데리고 다니는 통학 버스는 30여 만 대로 여객 버스의 두 배가 넘어요. 조직에 욕심을 냈죠. 조직된 힘으로 노동자의 권리도 지키고 올바른 정책을 제안해서 아이들을 보살피는 기반을 갖추게 해야겠다고요."

막상 조직 사업을 하려니 쉽지 않았다. 셔틀버스가 유치원에 한 대, 어린이집에 한 대, 학원에 몇 대 이렇게 있다 보니 기사들이 뿔뿔이 흩어져 있었다. 하는 수 없었다.

"내가 현장으로 가자."

"살면서 돈이 중요할 거 같으냐, 사람이 중요할 거 같으냐?

대부분 둘 다라고 해요.

설령 돈을 많이 가졌더라도

도둑을 맞든 탕진을 하든 없어질 수 있죠.

무엇보다 사람이 먼저다.

주변 사람을 진심 어리게 대하는 게

진짜로 잘 사는 거다"

박사훈은 어학원 셔틀버스 기사로 취직했다. 어느 날 운전석에 앉았는데 뒷자리에서 아이들 목소리가 들렸다. "으윽, 담배 냄새." 그는 충격을 받았다. 아이들의 안전 수송을 책임진다는 사람이 담배 연기로 아이들을 해롭게 한다는 사실이 자각되었다. 그날 밤 마지막 담배를 피우고 동지에게 선물 받아 애지중지하던 던힐 라이터를 담뱃갑에 얹어 공중전화 박스에 두고 그길로 딱 끊었다. 하루에 두 갑씩 30년간 피운 담배였다. 아이들을 태우고 박물관 같은 견학지에 가니 거기에 셔틀버스가 몇십 대씩 모여 있었다. 기사들에게 말을 건넸다.

"처음에 우리 처지를 드러내놓고 당신 여기에 만족하냐, 그게 아니라면 이런 것도 있다 하면서 제도를 바꾸고 단결 투쟁하면 더 나아질 부분을 가지고 이야기해요. 기사들이 어떻게 해야 하느냐고 하면 나랑 어깨 걸고 가면 된다.(웃음) 민주노총이 1995년에 출범하고 나서 사회는 진짜 많이 바뀌었어요. 최소한 올바른 방향으로 나가려고 하는 조직과 세력이 있어야 조금이나마 나은 세상에서 살지 않겠느냐는 거죠."

셔틀버스 기사들에게 먼저 다가가고 시시콜콜한 고민을 나누고 얼굴을 익히는 시간이 3년간 쌓였다. 2015년 4월 29일 여의도 국회 정문 앞에는 셔틀버스 기사 100여 명이 깃발 아래 모였다. 노동자 선언을 했다. 전국셔틀버스 연대로 시작해 전국셔틀버스 노동조합으로 조직을 갖추었다.

"다른 게 있겠습니까. 제가 조직 사업을 할 때 항상 강조하는 건 딱 하나죠. 절대로 계급성을 잃어서는 안 된다. 계급

전국셔틀버스 노조 위원장

성을 잃는 순간 내가 가야 할 방향을 잃어버린다. 셔틀 동지들이 자기 차로 운행하다 보니까 서로 호칭을 사장님이라고 해요. 제가 뭐라고 하죠. 저 권력 가진 놈들, 진짜 자본가들은 속으로 박수 치고 우리가 서로 사장 사장 하면서 단결만 하지 않길 바라고 있는데 그렇게 하고 싶냐고. 노동자 계급은 민중과 함께 단결하는 것만이 우리가 사람 대접 받고 사는 길을 여는 거다. 계급성만큼은 누구에게도 양보를 하지 않죠."

아무도 가지 않은 길을 앞서서 헤쳐 나가며 모래알처럼 흩어져 있어 뭉치기 어려운 노동자를 조직하고 위태로운 상황에도 어떻게든 버텨냈다. 박사훈의 이 도저하고 부단한 힘은 어디서 오는 걸까.

"무슨 신조가 있어서 했다기보다 투쟁 시기에 열사가 된 동지들이 있어요. 장흥교통에서 진짜 장흥 지역을 한동안 마비시킬 정도로 총파업을 했던 분, 한 분은 삼성교통 투쟁에서 자결했어요. 동지들의 희생을 생각하면 당연히 내가 여기서 주저앉으면 안 되죠. 누군가는 해야 하는데 나 같은 독종도 힘들어서 포기하면 누가 하나……."

산 그를 움직이는 건 죽은 동지들이었다. 산 그를 계속 살게끔 도와주는 건 산 동지들이었다. 그는 1996년 서울지하철노조 정윤광 동지의 소개로 만난 아내와 백기완 선생의 주례로 영등포로터리에 있는 근로복지공단 대강당에서 전통 혼례를 올렸다. 조직 사업으로 인해 주거도 수입도 불안정했지만 아내는 당신 같은 사람이 세상에 필요하다며 지금껏 지지를 보내준다. 아내가 농성장에 데리고 다니던 두 아이는 어른이 되었다. 아들은 물리 치료사로 병원에서 근무하고 딸은 간호대 3학년에 다닌다. 몸이 약한 엄마를 위해 알아서 의료계에 지원할 만큼 자식들이 엄마를 위한다. 그에게 직접 표현하지는 않는데 아내의 전언에 따르면 세상에서 아버지를 제일 존경한다고도 한다. 그런 자식들에게 그도 의지한다. 부모 자식 간이지만 서로 고민을 터놓는 막역한 사이다. 건강도 이상무. 최근엔 급식실에서 설거지 일을 하는 85세 어머니와 함께 건강 검진을 받았다. 투쟁이 업이다 보니 지금껏 단식을 열 번 정도 했고, 최장 단식 기록은 34일이다. 그런데도 몸에 큰 탈은 없었다.

"저는 체질인가 봐요. 회복식을 막걸리로 해요. 날 보고 괴물이라고 해요."(웃음)

두말할 것도 없이 가장 좋아하는 음식은 막걸리, 콕 집어 전라남도 신안 지도에서 만든 '딱한잔 막걸리'다. 아는 식당 사장이 고향 막걸리라며 권해 맛을 본 뒤로 인생 막걸리로 등극했다.

"목 넘김이 좋고 숙취가 없어요. 서너 병을 먹어도 다음 날 괜찮아. 그래서 다섯 병으로 늘렸더니 그래도 멀쩡해. 어, 이 술 희한하다? 마음먹고 아홉 병까지 딱 먹었는데 그날은 취하더라고요. 신기한 건 다음 날 언제 그랬냐는 듯이 멀쩡하게 일어나서 일과를 소화했어요. 이 술, 진짜 물이 좋구나!"

그토록 신비로운 술을 현재 서울에선 구할 수 없음에도

전국셔틀버스 노조 위원장

그는 이미 취한 듯 눈동자가 부드러워졌다. 안주는 김치면 족하고 돼지고기를 곁들이면 최고다. "좀 여유 있으면 순댓국을 시켜서 국물까지 먹죠." 하루 일과를 어떤 식으로든 끝내고 동지들과 막걸리 겨눌 때 오늘도 무사히 보냈구나 싶으면 더 없이 행복하다.

돈보다 동지

박사훈은 공공 운수 산하 노조에서 현직 위원장으로는 가장 오랜 경력의 소유자다. 다른 선배들은 정치도 하고 시민 사회 대표도 하는데 그는 주머니가 많고 단체명이 새겨진 남색 투쟁 조끼를 벗지 않았다. 노조 활동에 대해 "아직까지는 후회 없다". 지난 임기에 정리하려다 차기 집행부가 준비되지 않았다는 동지들의 간청에 이번까지만 맡기로 했다. 퇴임 후 계획도 세웠다.

"바다가 보이는 산으로 들어갈 예정이에요. 장흥, 해남에 있는 동지들이 통나무집을 지어놓겠다는 둥 무조건 오라고 하니 그중에 어디 한 군데 잡아서 갈까. 쌀만 사 먹을 거예요. 나머지는 다 직접 재배하고요."

거기서 또 농민 운동을 조직하는 거 아니냐고 물었다.

"그래서 산속으로 들어가려고요. 보면 또 오지랖이 넓어서 그럴 거 같아 아예 인적이 없는 데로."(웃음)

산골로 가려는 그를 따라가겠다는 동지들이 벌써 줄지었다. 그들에게 다짐부터 받아두었다. 농사를 지어 내다 팔거나 바다에서 고기 잡아 내다 팔지 마라, 즉 절대로 돈 버는 일은 하지 않는다.

"내 평생의 지론이에요. 나도 사람인데 수천만 원을 벌었어, 그럼 더 욕심이 생기니까요. 아예 돈 버는 건 피하자."

아내는 그를 만나 제일 풍요로웠던 순간은 셔틀 기사로 일한 3년이라고 말했다. 월 200만 원가량 고정 수입은 그때뿐이었다. 그러나 가난할지언정 궁하지는 않았다. 해야 하는데 하지 않은 일도, 못 하는 일도 없었다. 밥도 굶지 않았고 술도 굶지 않았다. 아이들은 다 장학금으로 대학을 다녔다. 현재 네 식구는 서대문구 안산 자락에서 "1000에 50" 월세를 산다.

"어제오늘 일이 아니잖아요. 평생을 그렇게 살았거든요. 부담 없이. 절대 욕심내지 말자는 거예요."

열다섯 살에는 가장을 잃은 가족의 눈빛을, 서른 즈음 신참 버스 기사일 때는 모욕으로 파랗게 질린 나이 든 동료의 얼굴을, 쉰넷 셔틀을 몰 때는 작은 승객의 재잘거림을, 예순여섯 만년의 노동 운동가는 남은 동지들이 붙잡는 손길을 외면하지 못했다. 타인의 삶에 뛰어들었고 뭐라도 했다. 이처럼 사소한 것들이 합쳐져 박사훈만의 66년을 이루었다. 자신의 존재 방식을 끝까지 밀고 나가면서도 외롭지 않은 생이었다. 명절 때 조카들이 큰아버지에게 어떻게 살아야 하느냐고 물어오면 그는 되묻는다. 살면서 돈이 중요할 거 같으냐, 사람이 중요할 거 같으냐?

"대부분 둘 다라고 해요. 설령 돈을 많이 가졌더라도 도둑을 맞든 탕진을 하든 없어질 수 있죠. 그런데 사람은 진정성 있게 관계를 맺어놓으면 잃어버릴래야 잃어버릴 수 없어요. 아무리 힘들고 어려워도 그 친구로 위로받죠. 무엇보다 사람이 먼저다. 주변 사람을 진심 어리게 대하는 게 진짜로 잘 사는 거다."

회사에
불만 많으시죠?

노동 변호사

(윤지영   )

분통이 터져도 울고, 기쁨이 넘쳐도 울고,
가망 없어 보여도 어떻게든 돌파구를 찾아낸다.
좋은 변호사가 되기 위해서는 무엇보다
"잘 들어야 한다"라고 강조한다.
살려는 노동자에게 말을 건네는 사람.
최초의 열정에서 멀어지지 않은 노동 변호사가
우리에겐 있다.

서울 정동의 한 음식점. 커다란 양은 냄비에 김치찌개가
끓자 그가 국자를 들고 육수를 부어가며 모든 재료에 고루 간
이 배기를 기다렸다 김치와 두부, 도톰한 돼지고기를 앞접시
에 덜어서는 흰밥 위에 척 얹어 먹는다. 그 모습이 서두름 없
이 찬찬하다. 음식의 온도와 식감과 풍미를 익히 아는 고수의
표정이랄까. 이번이 생애 몇 번째 김치찌개인지는 알 수 없다.
그러나 자체 최장 섭취 기록은 갖고 있다. 사법 시험을 준비하
며 석 달 동안 하루에 한 끼만 먹고 공부에 전념했을 때 그 한
끼가 늘 김치찌개였다. 고시촌에 있는, 형편이 넉넉지 않은 학
생들이 이용하는 분식집이라 김밥이나 돈가스 같은 저렴하고
다양한 메뉴가 많았는데도 다른 음식을 택해본 적이 없다. 그
러길 어언 100일, 김치찌개 약 100그릇을 비우고 고시생은 법

조인이 되었다.

"힘든 시간을 보내며 먹었던 음식이라서 돌아보기도 싫을 거 같은데 독서실에 짐을 정리하러 가서도 그 김치찌개를 먹었어요.(웃음) 기본적으로 김치를 좋아해요. 김치의 새콤함과 감칠맛이 너무 맛있어요. 거기에 두부가 들어가면 영양소도 충분하고 저한테는 건강식 느낌이 있어요. 제가 입이 담백한 거보다 간이 센 걸 좋아해서 김치찌개는 거기에 맞는 음식인 거죠."

그렇지만 이 정도를 가지고 '이상한 변호사 윤지영'이라고 하기엔 아직 이르다. 오로지 '그것'만 파는 우직함은 일의 영역에서도 여지없다. 36기 사법 연수원을 수료하고 대형 로펌에 다닌 3년의 시기를 제외하고 그는 줄곧 노동 관련 사건만 맡았다. 그 세월이 또 15년이다. 그간 노동자들과 함께 울고 웃으며 싸운 법정 투쟁기를《안녕하세요, 한국의 노동자들!》(클, 2025)로 묶어냈다.

가난하지 않았으면 하지 않았을 생각

"나는 노동 사건만 하는 노동 변호사, 그것도 노동자 편에서만 일하는 변호사다." 첫 문장부터 잘 우린 김치찌개 국물처럼 깊고 칼칼하다. 주요 등장인물은 노동자들이다. 아파트 경비 노동자의 입주민 갑질 사건, 휴대폰 판매 노동자의 족쇄 계약 사건, 파견 노동자의 성희롱 사건 등 열한 개 사건만 담았다. 선별한 기준이 있다. 노동 사건 중에서도 불안정 노동에 방점을 두었다. 정규직이 중요하지 않아서라기보다 비정규직 같은 불안정 일자리가 너무 많아서, 그리고 "그들은 목소리를 내기 힘들기 때문"이다.

윤지영을 키운 부모도 노동자다. 출간 후 출연한 라디오 프로그램에서 그는 자신을 이렇게 소개했다. "노동자 가정에서 여섯 남매 중 셋째 딸로 자랐습니다." 태어난 곳은 전라남도 해남이지만 곧 서울로 올라왔는데 쌀장사를 하는 부모님의 양육 부담을 덜기 위해 방학 때마다 언니와 둘이 땅끝마을에 사는 할머니 손에 맡겨졌다. 할머니 따라 바닷가 갯벌로 가서 굴 따고 게 잡으며 시간을 보냈다. 툇마루에 우두커니 앉아 하늘에 흘러가는 구름을 보거나 한적한 마당을 쳐다보던 기억이 남아 있다. 해남의 붉은 땅, 그 흙밭 지천에 널린 고구마를 입으로 벗겨 먹으며 뛰어놀던 추억도 어제처럼 생생하다.

여섯 남매는 밥 먹는 속도가 하나같이 빠르다. 늘 먹는 게 부족해 경쟁해야 했기에 밥을 천천히 먹는 사람이 없다. 그렇게 밥상까지 쳐들어온 가난은 그에게 삶의 원동력이 되었다. 학창 시절 진로를 모색하면서 어려운 사람들을 위해 살고 싶다, 세상에 좀 더 기여해야겠다고 다짐했고, 그건 아마도 "가난하지 않았으면 하지 않았을 생각"이다. 가난하니까 발버둥 치면서 장학금을 받으려고 열심히 공부했다. 몸뚱이 하나로 남을 도울 수 있는 직업은 변호사라고 말해준 사람은 어머니다.

"엄마는 배움이 짧은데 고상하고 우아한 분이거든요. 집

안의 맏딸이라서 동생을 공부시키느라 정작 당신은 공부를 못 했어요. 꿈이 성우였대요. 근데 그건 머릿속에 넣어버리고 어렵게 자식들을 키우셨죠. 저를 열심히 키우신 기억이 나요. 우유를 먹여야 하는데 없으니까 탈지분유 사서 물에 타 주시기도 하고요. 한겨울에는 동대문 평화시장에서 오버코트를 사다가 입혔죠. 자다 문득 깼는데 엄마가 그걸 사 오신 거예요. 힘들게 자식들을 키우는 엄마를 보면서 세상에 좀 더 많은 기여를 해야겠다는 생각을 자연스럽게 했어요."

그는 "남들이 좋다고 하는 대학"에 들어갔지만 그게 온전히 자기 능력은 아니라는 걸 안다. 엄마같이 똑똑한 사람도 시대 탓에 많이 배울 수 없었다. 엄마를 보면서 소위 '스펙'은 그 사람을 평가하는 아무런 잣대가 되지 못한다는 걸 늘 느꼈고 주변에 노동자나 가난한 사람도 마찬가지로 못나거나 부족해 저렇게 사는 게 아니라고 생각했다.

"나는 혜택을 받았다는 것, 내가 가진 게 내가 잘나서가 아니라는 것. 사회에 대한 생활력이라고 해야 하나, 너는 애가 공부 머리는 있는데 일 머리가 없다는 말을 듣고 자랐어요. 자만하지 마라. 그게 아주 자연스럽게 학습된 것 같아요."

주입식 교육이나 입시 체제에 크게 저항감을 느끼는 학생은 아니었다. 서울 서북부의 고등학교에 다녔고 고만고만한 아이들 속에서 공부를 잘하는 편에 속했지만 졸업할 때 아이큐가 123이라는 걸 알았다.

"제가 머리가 좋은 줄 알았는데 서울대 애들 평균 아이큐

노동 변호사

가 그 정도래요. 그러니까 시키는 대로 하면 거부감 없이 받아들인 거죠."

대학에 들어가 다양한 사람들을 보았다. 강남 출신이거나 지역 명문고 출신에 화려한 사교육을 받은 재학생이 많았다. 누구든 노력한다고 잘살 수 있는 게 아니라 이미 가지고 태어난 것으로 유리한 관문이 열리기도 했다. 돕고 살겠다는 마음의 바탕에 계급 의식이 서서히 스며들었다. 사법 시험을 치르고 발표를 기다리던 어느 날 선배에게 연락이 왔다. '전국 불안정노동철폐연대'에서 자원봉사를 하지 않겠느냐고. 어떤 단체인지도 몰랐지만 대학 시절 빈민촌에서 아이들 가르치는 '들꽃공부방' 동아리에서 같이 활동했던 좋아하는 선배의 권유였기에 군말 없이 따랐다. 사법 시험에 합격하고 사법 연수원을 다니면서도 주말마다 외부 활동에 참여했다. 한 기수 1000명이 성적순으로 임용되는 시스템에서 공부만 파지 않고 '밖으로' 도는 그를 보는 시선은 곱지 않았다.

"사법 연수원이 경기도 일산 마두역 근처에 있어서 저희끼리 '마두고'라고 불렀어요. 가령 한 반에 50명이고 선생님 들어오면 차렷 경례……(웃음) 저는 적당히 시키는 대로 따라가다가 정작 성인이 되어 간 연수원에서 주입식 교육에 반항심이 드는 거예요. 그제야 중고등학교 때 공부를 거부하던 학생들 마음을 알겠더라고요. 일찍 철든 아이들이었죠."

법조인이 되겠다고 모여 세상을 바라보지 않고 성적에만 집중하며 세상에 관심 가지는 사람을 이상하게 쳐다보는 걸 보고 그는 학을 뗐다. 대학 입시가 그러하듯 사법 시험은 사회와 격리된 채 오로지 책상 앞에 앉아 있는 엉덩이가 무거운 사람이 잘 보는 시험이었다. 그걸 통과한 사람들이 우리 사회의 법조인이 되고 사회 지도층이자 엘리트로 여겨지며 스스로도 지도자로 나섰다. 그걸 가까이 보면서 그는 깊은 회의에 빠졌다. "우리가 자격이 있을까."

일단 대형 로펌에 들어갔다. 사법 연수원 시절에 진 1억 원에 달하는 빚을 갚기 위한 선택이었다. 소위 '민변계 로펌'이라 불리며 공익 활동을 많이 하는 곳이고 좋은 동료들이 있었음에도 어쩔 수 없었다. 기업을 돕는 일이 돈이 되었고 돈이 되는 일을 할수록 자괴감이 커졌다. "돈으로 얽혀 있는 사회에서 변호사가 조력하고 있다. 손에 피를 묻혀야지만 벌 수 있는 게 돈이다"라는 자책이 들러붙었다. 그러나 의미가 없진 않았다. 미국의 작가 벨 훅스(bell hooks)의 말대로 우리는 자신이 싫어하는 일을 해봄으로써 그런 일을 피하기 위해서는 어떻게 해야 하는지를 배우기도 한다. 로펌에서 유전무죄 무전유죄를 여실히 체험하며 집안의 부채를 상환한 그는 드디어 공익인권법재단 '공감'에 들어갔다. 십대부터 품어온 장래 희망, 어려운 사람을 위해 살겠다는 꿈에 본격 시동이 걸렸다. 나이 서른셋의 일이다.

"이때부터 돈에 구애받지 않고 일했어요. 그 전까지는 사건 수임 원칙이 돈이었는데 수임료를 안 받고 일했기 때문에 판단 기준이 돈이 아니라 하고 싶은 일을 원 없이 할 수 있었

노동 변호사

죠. 정말 좋았어요. 일도 재밌는데 심지어 월급도 줘요."(웃음)

'오늘만 사는' 노동 변호사

　윤지영이 하고 싶은 일이란 대체로 이런 거다. "노동자들이 살아보겠다고 일터에 나가서는 인간적인 대우를 받지 못하고 고통스러워할 때 나는 싸우고 싶었다." 예컨대 국가 정보원 정년 차별 사건. 국정원의 구조는 여성 직군과 남성 직군이 나뉘는데 여성이 많이 일하는 직군은 정년이 43세이고 남성이 많이 일하는 직군은 57세로 차등이 있었다. 이 여성 직원들이 차별에 맞서 싸우기로 결심했다. 그의 조력으로 "간접 차별도 성차별"이라는 판결을 받아내 승소하여 국정원 내 직군 정년 차별이 사라졌다.

　"얼토당토않게 노동 현장에서 부당한 일이 너무 많이 발생하고 있고 부당한 일을 보는 순간 이건 바꿔야지라는 생각이 들어요. 모든 부당한 상황에서 갑자기 마음이 끓는다기보다는 직장 내 괴롭힘 피해를 얘기하는데 어떻게 해도 안 될 거 같다면 저도 무기력해지죠. 그런데 싸울 수 있겠다, 같이 바꿀 수 있다고 생각이 들면 막 힘이 나요."

　열악한 노동 현실은 외려 열정을 끌어냈다. 그가 쓴 법정 투쟁기에 나오는 대로 불가능해 보이는 싸움에 달려들고 끼니를 거른 채 뛰어다니며 잠을 포기하고 서면을 쓴다. 분통이 터져도 울고, 기쁨이 넘쳐도 울고, 가망 없어 보여도 어떻게든 돌파구를 찾아낸다. 좋은 변호사가 되기 위해서는 무엇보다

"잘 들어야 한다"라고 강조한다. 말은 쉽지만 잘 안 된다는 것도 인정한다.

"택시 기사 사납금 사건 때를 되돌아보면 그분이 했던 말이, 자료가 다 중요했어요. 다만 제대로 설명을 못 할 뿐이었죠. 해답은 결국 당사자에게 있다. 그분이 그 말을 집요하게 한다는 건 부당하다고 느끼는 지점인 거예요. 본인이 그걸 가장 많이 알고 있어서 말하는 거거든요. 그걸 흘러가는 이야기로 여기고 그런 것에 왜 집착하나 싶을 수도 있지만 변호사는 당사자의 말을 많이 들어야 하고, 많은 말을 끌어내야 해요. 변호사는 그걸 법률적으로 풀어내는 사람이에요. 우리가 아는 건 수단이지 내용은 아니죠."

윤지영은 지난해부터 '직장갑질119' 대표를 맡고 있다. 활동가 여섯 명이 일하고 노무사와 변호사 200여 명이 사안별로 결합해 활동하는 민간 공익 단체다. 월급은 100만 원. 주 2일 출근하는 조건으로 자청한 급여지만 업무 특성상 나머지 날도 재택근무로 이어지곤 한다. 최저 임금이 안 되는 돈이어도 "아이가 없어서 생활비가 적게 들고 배우자가 돈을 버니까" 그런대로 살 만했다. 그런데 나이가 들고 상황이 바뀌면서 돈에 대한 생각이 복잡해졌다.

"어릴 때는 가난이 삶의 원동력이라고 말했는데 세상에 나와보니까 가난이 사람을 옭아매는구나 싶어요. 돈 벌고 싶죠. (잠시 침묵) 저는 돈 때문에 관계를 해치지 않는다, 그 정도만 있으면 되거든요. 돈이 없을 때 사람에 집중하지 못하고

노동 변호사

저 사람 만나서 쓸 돈에 집중해야 하는 게 싫었는데 로펌이나 '공감'을 다닐 땐 돈 쓰는 데 거리낌이 없었어요. 거길 나와서는 사람들 만날 때 돈을 신경 쓰는 저를 보며 이건 아닌데 하는 생각이 들어요. 또 지금 엄마가 병원에 계셔서 돈이 들어가니까 형제들과 어떻게 나누지, 내가 돈이 많으면 그냥 할 텐데 싶고요. 아픈 엄마를 보면서 노후? 어색한 말이지만 제 노후도 처음으로 생각해보게 되었어요."

그의 SNS 프로필 문구는 10년째 변함없다. "오늘만 산다." 실제로도 돈, 미래, 노후 같은 말들이 끼어들 틈이 없었던 게 연간 2000명이 일하다가 죽는 '산재 공화국'에서 노동변호사의 하루하루는 닥친 문제를 해결하고 내미는 손을 잡기에도 모자랐다. 나중이 아닌 지금 여기를 살아가는 능력은 긴급한 노동자들과 협업하며 키워진 힘이다. 그는 또한 비정규직 불안정 노동자에게 위험이 전가되는 현장의 목격자로서 노동자를 위한 의료 체계의 필요성을 누구보다 절감한다.

"며칠 전에도 골프장 캐디가 모인 전국여성노조에서 주최하는 기자 회견에 가서 '작업 중지권'이 필요하다는 발언을 했어요. 이번에 산불이 났을 때 골프장 캐디들이 불 끄는 데 동원되기도 했죠. 위험한 일을 시키면 해야 하고, 한여름 폭염에 노출되기도 하죠. 성폭력, 골프채로 때리고…… 폭언, 폭행으로 인한 신체 재해를 입기도 하고 정신적 재해를 입기도 해요. 우리가 하는 모든 일들이 건강과 연결돼 있다고 생각해요. 신체 사고나 정신적 재해, 극단적 사망 사고일 수도 있

"얼토당토않게 노동 현장에서 부당한 일들이

너무 많이 발생하고 있고

부당한 일을 보는 순간

이건 바꿔야지라는 생각이 들어요.

싸울 수 있겠다,

같이 바꿀 수 있다고 생각이 들면

막 힘이 나요"

고요. 그런데 노동자는 해결을 못 하는 경우가 대부분이에요. 회사에서 덮으려 들기도 하고 막막하기도 하고요. 산재가 점점 늘어나고 비정규직 불안정 노동자에게 위험이 더 많이 전가되고 있어요. 위험의 외주화가 고유 명사처럼 되어버렸는데 그만큼 든든한 의료 보장 체계가 있어야죠. 전태일병원이 모든 노동자들이 다칠 때, 아플 때 연락할 수 있는 곳, 그런 역할을 해주면 좋겠어요. 그러려면 너무 많은 일터에 사고가 발생하고 있으니까 전태일병원이 제일 큰 병원이 되어야 하는데……."(웃음)

윤지영의 노동에 대한 경배와 염려는 '얼굴이 있는 사랑'이다. 엄마는 가사 도우미로 일하는 중고령 여성 노동자였다. 라디오 기상 캐스터인 큰언니는 특수 고용 노동자라 조카가 태어나고 일주일 만에 복직해야 했다. 노동법도 적용받지 못하는 사람이 너무 많다고 말할 때 그에겐 단순한 통계나 남 일이 아니다. "직접 일을 하든 가족이 일을 하든 노동에서 벗어날 수 없는 게 우리 삶이다." 그러하기에 아직 일할 날이 많은 청년들이 특히 노동 문제에 관심을 갖고 《안녕하세요, 한국의 노동자들!》의 독자가 되어주기를 바란다. 자발적 실업 청년이 70만 명인 시대이고 좋은 일자리가 없어 취업을 포기하거나 일터에 못 나가는 사람이 있는데 알아야만 바꿀 용기가 생기기 때문이다.

"이 책에도 사례로 나오는 것처럼 내가 이것밖에 안 돼서, 못나서 이런가? 다 자기 탓을 하는데 자기 문제가 아니라 구조적인 문제거든요. 청년들이 스펙을 쌓아 정규직이 되는 것으로 각자도생을 도모하지만 구조적인 해결책이 될 수 없어요. 불안정 일자리를 줄이고 상시 업무를 정규직으로 채용하라고 우리가 계속 말해야 해요. 그게 오히려 올바르고 쉬운 길이에요. 나 하나만 바늘구멍을 통과하려고 하기보다 구멍을 넓히는 일이 필요한 거죠."

직장갑질119 대표인 그의 명함에는 "회사에 불만 많으시죠?"라는 문구가 적혀 있다. 살려는 노동자에게 말을 건네는 사람. 최초의 열정에서 멀어지지 않은 노동 변호사가 우리에겐 있다.

【 부기 】

'직장갑질119'는 일하는 사람들이 일터에서 겪는 갑질을 상담하고 공론화해 제도를 개선하며, 직장인들이 함께 모여 스스로 문제를 해결하도록 지원하는 민간 공익 단체다. 2017년 11월 1일 출범해 노무사, 변호사, 노동 단체 활동가 180명이 자원 활동으로 참여하고 있다. 카카오톡 오픈 채팅에서 '직장갑질119'를 검색해 이메일(gabgil119@gmail.com)을 보내면 된다.

그 동네에 가면
좋은 어른이 있다

국어 교사
(박민영   )

"교사는 적어도 의도치 않게

누군가를 힘들게 만들지는 않는 직업"이기 때문이다.

그래서 "내가 하는 일로 자라는 아이를 볼 때 행복하다".

국어 교사 박민영은 갑옷을 만드는 사람이다.

아이들에게 입힐 언어의 씨줄과 경험의 날줄로 짠,

세상에서 제일 튼튼한 갑옷을 짜는 예술가다.

이분은 선생님이시다. 1학년 국어 교과를 담당하신다. 하지만 이분의 자리는 4층이 아닌 2층 큰 교무실 창의체험부에 위치하고 있다. 이분은 8시 10분에서 4시 30분 사이에 뵈러 가면 거의 항상 자리를 지키고 계신다. 키는 살짝 작으시고 안경을 쓰셨으며 붉은색 단발머리다. 이분은 정말 바쁘신 것 같은데 언제나 밝은 미소와 함께 짜증 한 톨 섞이지 않은 목소리로 나를 맞아주신다. 학생회도 담당하시고 교과 선생님이시고 각종 운동들(기후 위기, 평화의 소녀상)에도 굉장히 적극적이신데 사람이 저렇게 인자할 수 있다니 신기하다. 물론 이런 그도 종종 혼을 낸다. 왜 이렇게 늦게 보내냐, 이런 건 미리미리 준비해야지 하시는 등 말이다. 하지만 우리는 이 꾸중이 우리를 위한 것임을 안다. 평소에 이분에게서 느껴지는 태도, 인성 등이 이미 우리에게 말해주었기 때문이다. 그래서 우리는 그의 모든 말을 꼼꼼히 들으며 잘 기억하려 노력한다.

신현중학교 3학년 전교 회장 학생이 쓴 글이다. 국어 시간에 양귀자의 인물 소설 《길모퉁이에서 만난 사람》(쓰다, 2015)을 읽고 일상에서 '내가 본 예술가'를 찾아보고 묘사하는 과제에서 자신의 선생님을 지목한 것. 위 글의 마지막 문장은 이렇게 끝난다.

학생의 인생과 학교의 시간에 자신의 흔적을 남기는 이분은 예술가임이 틀림없다.

이 영광의 주인공은 신현중학교 국어 교사 박민영이다. 그를 서울시 중랑구에 자리한 여행 전문 독립서점 '바람길'에서 만났다. 그의 단골 서점이고 책방지기는 친한 이웃이다. 사실 알고 보면 동네 일대가 '민영 샘'의 터전이고 인연의 밭이다. 1999년 면목중학교에 발령받아 온 이래 근무지는 중랑구를 벗어나지 않았다. 2004년 결혼하고 살림집도 여기에 터를 잡았다. 남편도 국어 교사로 대학 다닐 때 같은 과 후배였다. "그때 연상연하 커플이 유행이어서."(웃음) 국어 교사 부부답게 미리 이름부터 지어둔 세 남매 봄, 여름, 가을도 중랑구에서 태어나 초중고를 다녔다. 마치 운명에 새겨진 것처럼 교사

외에 다른 직업은 생각해본 적 없는 그다. 하지만 한 사람이 20년 넘게 한 지역에서 교사로 살아가기 위해서는 온 마을의 도움이 필요했다. 평생 수업하고 살 수 있겠다는 믿음이 생긴 건 혁신 학교인 태릉중학교에 근무할 때다.

"이전에는 수업 때 애들을 재우지 말아야 한다는 생각이 강했어요. 이십 분 수업하면 애들이 졸까 봐 유머 시리즈를 들려줬죠. 근데 배움의 공동체 방식을 시도하면서 사십오 분 수업 중 저는 십오 분만 이야기하고 아이들이 직접 활동하게 했어요. 참여해야 하니까 애들이 잠을 잘 수가 없어요. 물론 그래도 자는 애들은 있죠. 모둠 하는데 자고 있으면 환장하는데 (웃음) 웃긴 얘기를 안 해도 수업이 되네? 그걸 처음 느꼈어요. 그때부터 '내가 어떻게 잘 가르칠까'가 아니라 '어떻게 하면 아이들이 잘 배울까'를 고민했죠."

활동이 곧 배움이라는 교육 방침이 세워지자 교과서 밖이 다 교과서였다. 아이들이 뿌리내리고 살아가는 지역에 관심이 갔다. 일전에 동료 교사가 지역의 '온라인 소통방'을 소개해주면서 가입을 권유한 적이 있다. 학교와 마을이 연결돼야 한다는 원칙에 동의했지만 선뜻 나서지 못한 건 심적, 물적 여력이 없고 겁이 나서다. 교사로서 주민들과 관계 맺는 게 부담스러웠다. 거리를 두고 싶은 마음과 경험 중심의 수업을 하고 싶은 마음 사이에서 왔다 갔다 하는 사이 중랑구가 혁신교육지구로 선정되었다. 그는 분과 활동에 교사 위원으로 참여하면서 마을 사람들을 하나 둘 알아갔다.

"가까이서 보니까 그 선생님이 한 말이 이해가 가더라고요. 중랑이 살아 움직이고 있었고 너무나도 훌륭하게 자기 인생을 걸고 열심히 사는 분이 많더라고요."

교과서 밖 교과서

우리 동네 예술가 '민영 샘'의 재능이란 사람에게 반하는 능력이다. 동료 교사들과 마을 방문 모임을 꾸렸다. 직접 찾아가고 제대로 알아서 아이들에게 소개해줄 심산이었다. 먼저 찾아간 곳은 중랑구의 청소년 공간으로 6개소가 운영되는 '딩가동'이다. 멀리서 봤을 때는 평범한 공간이었는데 활동가에게 직접 설명을 듣자 감동이 밀려왔다. 곧 선생님들과 정식으로 방문할 테니 그때 지금 이 이야기를 그대로 들려달라고 당부했다. 며칠 후 동료들과 갔을 때 활동가는 아예 삼십 분짜리 피피티를 만들어 딩가동을 소개했다. '럽덥'은 취향 잡화점으로 사람과 사람을 연결하는 활동이 이뤄지는 곳이다. 대화를 나누다 보니 젊은 운영자가 장안중학교 출신 제자였다. 숨은 보석 같은 장소와 사람을 발견할수록 동네의 매력에 빠졌고 욕심이 생겼다. 우리 아이들을 그런 청년으로 키우고 싶었다.

"언젠가 중랑구를 떠나는 아이도 있겠지만 대부분의 평범한 아이들은 이 동네에서 평생 살 텐데 기왕 사는 마을에 애정을 가졌으면 했죠. 저도 찾아가서 만나보기 전에는 마을 사람들의 훌륭한 점을 몰랐잖아요. 아이들도 직접 만나게 해주고 싶은 거예요."

국어 교사

그의 또 다른 재능은 실행력이다. 3학년 1학기 국어 수업에서 앞서 말한 양귀자의 소설을 가르치고 그걸 '우리 동네 예술가 찾기' 마을 탐방 프로젝트로 연결했다. 중랑행복교육, 중랑마을넷 등 지역 마을 활동가의 도움을 받아 인터뷰이 리스트를 뽑았다. 크게 네 분야로 나누었다. 청소년 공간을 지키는 사람들, 주민 자치를 만들어가는 사람들, 다양한 가치를 실현해나가는 사람들, 마을에서 자신이 좋아하는 일을 직업으로 삼아 살아가는 사람들. 대상자 총 서른한 명을 추렸다. 아이들 네 명이 팀을 이루어 한 명의 동네 예술가를 만나는데 "인터뷰만 하고 오면 아이들이 싫다고 할까 봐" 전통 시장 상품권을 1인당 5000원씩 나눠 주었다.

　　"애들이 인터뷰에서 마을의 가치를 느끼게 하려고 좋아하는 먹거리 탐방을 넣은 일일 프로그램을 짰어요."

　　'민영 샘'의 빼놓을 수 없는 재능은 섬세함이다. 그는 인터뷰이들과 사전 줌 모임을 열어 아이들 수준에 맞게 해주십사 부탁했다. 주말에는 중랑구 내 전통 시장 여섯 곳을 빠짐없이 둘러봤다. 학생들이 좋아하는 메뉴를 파는 가게를 찾아가 하나하나 먹어보고 특징을 메모했다. 그걸 프레젠테이션으로 제작해 수업 시간에 '민영 샘 전통시장 맛집 소개' 리스트를 전격 공개했다.

　　"내가 좋아하는 건 타코야키야, 여기 닭강정은 전국에서 찾아온대, 그런 얘기를 해줘요. 그 김에 저도 먹는 거죠. 애들보다 저 좋자고 해요."

"국어는 도구 교과이기도 하고 가치 교과이기도 해요.

언어를 사용해서 말하고 듣고 쓰기를 익히고

글을 통해서 다양한 가치를 습득하는 과정이죠.

국어 수업을 통해 아이들이 다양한 것에 관심을 갖고

자기표현도 잘하고 깨달으면 좋겠어요.

애들이 저보다 훌륭해요"

결과는 성공, 대성공이다. "아이들이 너무 좋아했죠." 인터뷰를 다녀온 아이들은 반짝이는 눈빛으로 정말 즐거웠고 기억에 남았다고 말했다. 소감문도 정성껏 작성했다. "중랑구에는 좋은 어른이 참 많다는 것을 느꼈다. '진짜 어른' 같은 사람들이 정말 많았다."(임지원) "원래 우리 동네를 별로 안 좋아했다. SNS에 서울시 구 계급도 짤이 도는데 중랑구는 항상 제일 아래에 있다. 근데 이번 활동으로 마을을 둘러보니까 생각보다 괜찮더라. 좋은 공간도 많고 좋은 사람도 많았다."(김해원) "노동자들의 인권을 생각하는 녹색병원의 가치를 느낄 수 있어 좋았다. 마을을 돌아다니며 중랑구라는 동네는 빛을 가지고 있지만 우리가 그동안 그 숨겨진 빛을 찾지 못했던 것 같다는 생각이 들었다. 친구들과 함께 다니며 밥을 같이 먹은 것도 기억에 남는다. 친구들과 함께해 즐거웠고, 기억에 오래 남을 것 같다."(조수빈)

마을 탐방은 아이들에게 문전옥답을 발견하는 기회였다. 집 가까이 있는 기름진 논은 풍요의 땅이었다. 마을 어른들이 늘 자랑하는 '중랑구는 녹색병원 보유 구'라는 자부심을 아이들도 갖게 되었다. 그는 이 프로젝트를 통해 "인터뷰이들이 아이들에게 자기 삶을 전달하면서 제가 가르칠 수 없는 걸 가르쳤다"라고 평가했다. 그런데 아이들이 제 동네를 사랑하기를 왜 그토록 간절히 바랄까?

"자기를 사랑하는 일이니까요. 지역을 사랑하지 않으면 이곳에 사는 자기를 사랑할 수 없어요. 제가 그랬거든요. 이

동네에 살지만 지역에 대한 애정은 없었어요. 그런데 마을에 사는 사람들의 삶을 자세히 알게 되면서 애정이 생겼거든요. 제가 느낀 걸 애들도 느끼게 해주고 싶었어요. 너 자신을 사랑하라고 백날 말해 봤자죠."

그가 지닌 열정의 기원은 중학생 시절로 돌아간다. 롤모델을 만난 건 중2 때 국어 시간. 선생님은 안창호와 신채호의 독립 투쟁 방식에 대해 토론을 시키는 등 학생들의 입과 생각을 트이게 하려고 최선을 다했다. 그걸 보며 결심했다. 나도 커서 저런 선생님이 되리라. 그러나 교사를 꿈꿨지만 문학소녀는 아니었고, 공부도 "진심으로 열심히 안 했다". 모범생이 아니라 늘 선생님들의 관심권 바깥에 있었다. 덕분에 교사가 된 지금도 그는 '그런 아이들'이 밉지 않다. '과거의 나'를 보는 것 같은 아이들, 그러니까 딴짓하고 떠드는 아이들.

"교사에게 제일 중요한 게 수업인데 수업에서 아이들하고 교감이 안 되면 교사 하는 낙이 없어요. 교사는 모두 자기 수업을 되게 열심히 해요. 중학생은 떠들면 떠들었지 안 자거든요. 눈을 반짝반짝하며 듣는 애들이 많아요. 이렇게 듣다가 지루해하고 조는 걸 보면 미안해서 미쳐요. 내가 부족해서 졸음 참는 걸 보면 너무 미안하죠. 예전엔 제 수업이 항상 마음에 안 들었어요. 그런데 나이 들수록 해가 갈수록 나아지고 있다고 느껴요. 내가 좋은 교사가 되고 있구나. 채워지는 게 있어요. 교과서를 넘어 아이들의 삶과 수업을 연결하면서 그런 마음이 더 커졌어요."

　　1학기 마을 탐방 프로젝트 '중랑에서 자라나길'은 책으로 남았고, 2학기 노동 인권 프로젝트 '건강하게 일하길'은 언젠가 건립될 전태일의료센터의 벽돌에 이름을 남길 예정이다. 아예 처음부터 목표를 정했다. 노동 인권 수업의 최종 목표는 전태일의료재단 건립 기금 100만 원 기부다! 십시일반 학생들이 1만 원씩 낸 기금을 모아도 되겠지만 노동에 대한 수업이니 기왕이면 일해서 벌자고 제안했다. 인터뷰집《중랑에서 자라나길》을 판매하기로 했다. 교육청에서 열리는 노동 인권 수업 사례 공모전에서 받은 상금 100만 원을 종잣돈 삼았다. 민영 샘은 각각 영상 장인, 사진 장인, 그림 장인 학생을 불러 모아 키링과 포토 카드를 제작했다. '우사일(우리는 모두 사랑하는 사람을 위해 일합니다) 챌린지' 홍보 영상을 만들고 북펀딩 소식을 지역 주민 841명이 모인 온라인 소통방에 올렸다. 펀딩이 종료된 후 250만 원을 전태일의료센터 건립 기금으로 기부했다. 목표액의 두 배가 넘는 액수였다. 기부자는 '신현중학교 27회 졸업생 일동'.

　　불꽃같은 시간이었다. '민영 샘'은 "무언가에 홀린 것처럼" 일했다. 아이들이 훌쩍 컸겠다고 말하자 그가 "그렇게 아름답게 마무리할까요?"라며 예의 그 환한 웃음을 짓는다.

　　"모든 아이들을 변화시킬 수는 없지만 100명 중 몇 명만 커도 그게 어디예요. 그래도 아이들이 느낀 것 같아요. 애들이 길에서 만나면 인사할 어른을 한 명 알았다는 게 크죠. 어떤

　　　　　　　　　　　　　　　　　　　　국어 교사

친구는 그 공간을 다음에 찾아가기도 하고요. 새롭게 연결되는 친구들이 있죠. 애들이 저보다 훌륭해요."

생각할 수 있는 시간이 필요하다

그가 들려주는 수업 사례는 '교실 혁명'이란 단어를 연상시킨다. '교실 붕괴' 같은 험한 뉴스가 나오는 어두운 현실이기에 감동 사이로 불안이 한 자락 스민다. 혹여 이러한 실천적 배움 활동에 대해 색안경을 끼고 민원을 넣는 보호자는 없는지. 다행스럽게 "아직은" 없다. 하지만 두려움을 완전히 떨쳐내진 못한다. 아이들과 관계를 잘 해결하면 다 해낼 거라는 믿음이 그도 언제부턴가 흔들리고 있다.

"사소하게 애들 둘이 싸워요. 너 친구한테 그런 말 하면 안 되지, 이렇게 말했는데 보호자가 '왜 우리 애만 갖고 그래요?'라고 한다든가 '우리 애가 상처받았다'라고 할까 봐 겁이 나죠. 그럼 애가 잘못했을 때 어떻게 얘기해야 하는가 생각하면 잠이 안 와요. 대부분은 그렇지 않지만 소수의 학부모들 때문에 힘들어하는 선생님이 많아요."

선거 기간이 되면 아이들은 대놓고 묻는다. "선생님, 빨간당이에요, 파란당이에요?" 그러면 교사는 수업 시간에 정치적 의견을 이야기할 수 없다고 답하는데, 그렇게 말하면서도 시민으로서 정치적인 기본권이 없는 자신의 처지에 이내 쓸쓸해진다. 고등학교 교사들이 극우 유튜브 보는 아이들, 페미니스트 교사에 대한 거부감을 노골적으로 드러내는 학생들 때문에 곤경에 처한다는 소식은 더 이상 남 일이 아니다. 중학생 아이가 극우 유튜브를 운영하거나 극우 집회에 나갔다는 얘기도 들려온다. 폭력의 씨앗은 쉬이 교실로 날아든다.

"교사가 죽고 나서야 이야기가 되죠. 기사화되지 않은 사건은 또 얼마나 많겠어요. 교사를 위한 여러 자잘한 치유 공간이나 제도가 생겼는데 활용하기가 쉽지 않아요. 가장 시급한 건 양육자 민원 창구 단일화예요. 모든 직업은 별도의 민원 창구가 있죠. 그런데 민원을 직접받는 직업은 교사뿐이거든요."

지역 연계 활동을 할 때 티를 내지 않았지만 그도 마음이 편치는 않았다. 내 편을 어떻게 만들지 걱정하면서도 일단 "마을이 다 내 편이야"라는 배짱으로 임했다. 이렇게 운에 맡기지 않으려면 교권 활동 보호가 강화되어야 한다고 강조했다.

박민영은 이런저런 일상적인 어려움에도 직업 만족도가 "지나치게 높은 편"이다. 타인으로 인해 힘들어질 수 있는 일일지언정 "교사는 적어도 의도치 않게 누군가를 힘들게 만들지는 않는 직업"이기 때문이다. 그래서 "내가 하는 일로 자라는 아이를 볼 때 행복하다".

《맹자》에 나오는 직업 윤리의 비유를 들자면 화살 만드는 사람은 자기가 만든 화살이 제대로 사람을 찌르지 못할까 걱정하고 갑옷 만드는 사람은 자기가 만든 갑옷이 사람을 보호하지 못할까를 걱정한다. 국어 교사 박민영은 갑옷을 만드는 사람이다. 아이들에게 입힐 언어의 씨줄과 경험의 날줄로 짠, 세상에서 제일 튼튼한 갑옷을 짜는 예술가다. 마지막으로 그에게 '국어 교사'로서 소임을 물었다.

"국어는 도구 교과이기도 하고 가치 교과이기도 해요. 언어를 사용해서 말하고 듣고 쓰기를 익히고 글을 통해서 다양한 가치를 습득하는 과정이죠. 국어 수업을 통해 아이들이 다양한 것에 관심을 갖고 자기표현도 잘하고 깨달으면 좋겠어요. 국어는 생각하는 힘을 기르는 교과죠. 생각을 하는 게 어려운 시대잖아요. 저도 쇼츠에 빠져서 생각하는 힘을 잃어버리곤 하는데 애들은 오죽하겠어요. 애들도 생각할 수 있는 시간이 있어야 해요. 기왕이면 좋은 자료로 좋은 소재로 생각해야죠. 그런 게 국어 시간이면 좋겠어요."

그럴 수 있지요,

그랬군요

전태일의료센터 마음상담소장

(유금분)

방임된 청소년을 만날 때도, 해고된 노동자를 만날 때도,

재난 피해자를 만날 때도 심리 상담사로서

그가 가장 중시하는 원칙은 이것 하나다.

온전히 그 사람을 있는 그대로 봐주기.

즉 어떤 사람인지 판단하지 않기.

세상에서 가장 어려운 일인 아무것도 하지 않기를 한다.

평화시장 봉제 공장 노동자 전태일은 1969년 9월 낙서를 남겼다.

나는 삼거리에 이정표처럼 누가
같이 가자고 하는 이가 없구나
바람이 부나 눈비가 오나
모든 것을 그대로 받아들여야 하는 나.

1970년 8월 일기에는 "무고한 생명체들이 시들고 있는 이때에 한 방울의 이슬이 되기 위하여 발버둥을 치오니, 하나님, 긍휼과 자비를 베풀어 주시옵소서"라고 빌었고, 11월 13일 스스로 불꽃이 되었다.

(유금분)   283

그로부터 55년이 흐른 2025년 11월 18일 서울시 종로구 새문안로에 전태일의료센터 마음상담소(이하 '마음상담소')가 문을 열었다. 강인한 노동자의 표상이라 할 만한 전태일도 외로움에 몸을 떨었다. 마음의 손상도 신체의 훼손처럼 제대로 된 치료와 회복이 필요하다는 사회적 합의가 이뤄지기까지 많은 희생이 있었고 오랜 시간이 걸렸다. 새 단장을 한 사무실은 눈 덮인 새벽처럼 하얗다. 마음 읽다, 마음 보다, 마음 나누다라는 문패가 달린 세 상담실 중 '마음 보다'에서 유금분 소장과 마주했다.

"전태일의료센터 건립 기금에 기부하는 분들이 요청이 많았다고 해요. 주변에 아픈 청년이 많다면서 병원이 다 완성될 때까지 몇 년을 기다리기보다 작게라도 시작해달라고요. 기부금 하나하나가 얼마나 귀한 돈인데 잘못하면 어떡하나 그 걱정이 많아요. 혹여라도 전태일 정신에 누를 끼칠까 봐요. 그래서 마음상담소 이름을 정할 때 전태일 이름을 꼭 넣고 싶다고 했죠. 전태일 정신을 끝까지 잘 지키자는 뜻으로요. 제가 발품을 팔아야죠. 힘든 곳에 열심히 가고요."

힘을 빼앗긴 곳에 가서 힘을 보태는 것. 그건 유금분이 스무 살부터 밥 먹듯 줄기차게 해온 일이다. 1987년 대학 입학식 날 기억이 아직도 또렷하다. 학교를 도배한 대자보를 보고 시대의 폭압과 아픔을 알아버린 새내기는 다음 날 제 발로 학생회에 찾아갔다. "이런 말도 안 되는 일"이 왜 일어나는지 알고 싶었다. 해마다 죽어가는 열사가 너무 많았다. 그러다 보

　　　　　　　　　전태일의료센터 마음상담소장

니 의문이 들었다. 지금 내가 살아 있는 게 맞나? 살아남았으
니 보탬이 되자고 다짐했다. 구로공단 노동자도 찾아가고 최
루 가스 자욱한 시위에도 나갔다. 결혼 후에는 지역에서 공동
육아를 시작하며 어린이도서연구회, 작은도서관 운동으로 세
상을 바꾸는 활동을 이어갔다. 전공은 독문학이지만 심리학
수업을 들으며 상담 쪽으로 진로를 정해둔 터였다. 심리 상담
사가 된 그의 첫 근무지는 경기도 구리에 있는 청소년상담센
터. 지역의 위기 청소년들을 만나러 어둑한 골목에 가면 "선
생님 왔다"라며 아이들이 반겼다.

상담실에만 있으면 절대 모르는 것

"2000년대 초반만 해도 상담사가 밖으로 나가는 걸 금기
시했기 때문에 제가 아웃사이더가 되는 느낌에 힘들었죠. 애
가 연락이 안 돼서 찾아갔을 때 부모가 집에 없고, 아이는 굶
고 있고, 생리대가 없어서……. 집 안인데 신발을 신고 들어오
래요. 청소 안 한 지가 오래돼서 신발을 안 신을 수가 없는 상
태인 거예요. 그런 상황에서 상담하는 게 말이 돼요? 밥 한 끼
먹이고 생리대 사주고 자꾸 제 주머니를 터는 거죠. 지역 사회
에서 도움을 줄 수 있는 네트워킹을 해보자는 목소리가 나올
때여서 자궁경부암 백신 3차까지 무료로 맞히는 일도 했죠.
상담이 그렇게 갈 수밖에 없었어요."

그때는 청소년들이 마음잡으면 가는 곳이 남자애들은 공
장이고 여자애들은 미용실이었다. 취업한 아이들이 잘 지내

는지 보려고 꾸준히 만나러 다녔다. 그러다 2009년 쌍용자동차 노조가 구조 조정에 반대해 평택 공장을 77일간 점거한 사태가 벌어졌고, 2011년 유성기업에서 초유의 노조 파괴 사태가 발생했다. 투쟁이 장기화하며 두 사업장에서는 세상을 떠나는 노동자들이 생기고 자녀들이 남겨졌다.

"노동자 상담 쪽으로 방향을 바꿨죠. 내가 만나는 청소년들이 가는 공장에서 이런 문제가 생기는구나."

그의 피상담자는 해고되거나 투쟁하는 노동자로 점차 바뀌었다. 주변에서 묻곤 했다. "왜 노동자 상담을 해?" 그는 단순한 진심을 말했다.

"노조 활동 잘하라고 하지. 그걸 잘해야 뭔가를 바꿔낼 수 있잖아. 으쌰으쌰 하라고 응원하는 거야."

쌍용자동차 해고 노동자와 가족을 위한 심리치유센터 '와락치유단'과 사회 활동가와 노동자를 위한 심리 치유 네트워크 '통통톡'에도 초창기부터 함께했다. 노동자들이 사회적 파장이 큰 싸움을 하고 나면 그들을 둘러싼 지지 자원이 모조리 깨진다. 가족 간 사이도 틀어진다. 어깨 펴고 살던 이들인데 자존감이 바닥을 치게 되고 앞이 안 보인다며 괴로워한다. 그럴 때 그는 그들 앞에 앉아 가만히 듣는다.

"우리가 성인이니까 제가 어떤 조언을 한다기보다 당사자가 자기 이야기를 하면서 머릿속으로 스스로 정리를 하거든요. 그걸 잘 살피는 시간으로 상담을 활용하죠. 그리고 당신이 뭔가를 잘못한 게 아니다, 기업만이 아니라 사회 구조가 문

전태일의료센터 마음상담소장

제고 당신이 용기 내서 싸우는 건 대단한 거라고 너무 고맙다고 말해줘요."

유금분은 '사회 정의 상담'을 지향한다. 자신이 겪는 심리적, 정신적 어려움이 더 큰 사회 문제와 연결되어 있음을 인지하도록 돕는 상담 방법이다. 이를 위해 상담사는 내담자가 어디에 있는지, 이 사회 구조 안에서 어떤 일들이 일어나고 있는지 파악해야 한다. 그래서 상담학 관련 공부는 기본이고 뉴스를 챙겨 보고 현장을 다닌다. 상담실 안에만 있으면 절대 모르는 것들을 밖에서 배우고 온다. 책상보다 거리에 있는 시간이 길어지는 이유다. 아예 자신을 소개할 때 '상담 활동가'라고 칭한다.

때마다 마음 건강 사각지대에서 긴급한 노동자를 만나 온 행보는 2017년 창설된 '감정 노동 종사자 권리보호센터'로 그를 이끌었다. 그곳에서 무도한 소비자들이 쏟아내는 감정의 쓰레받기가 되어 고통받는 노동자의 마음 건강을 돌보았다. 6년간 멀쩡하게 운영되던 센터를 서울시에서 서울노동권익센터로 통폐합한다는 방침을 발표했다. 그는 당시 운영 위원을 맡은 임상혁 녹색병원 원장과 대책을 논의하던 중 "감정 노동자뿐 아니라 노동자들이 안심하고 상담할 수 있는 공간을 마련하고 싶다"라는 뜻을 밝혔고, 전태일의료센터 마음상담소를 열며 소장직을 자연스레 맡게 됐다.

마음상담소에는 유금분 소장과 심리 상담사 유지혜, 홍보운영 활동가 김민재가 일한다. 직원들은 오전 9시에 출근해

홈페이지와 소셜미디어 계정을 관리하고 상담사 공부 계획과 내년 사업 계획을 세운다. 이삼 년 후에는 다른 지역에 마음상담소 지부가 생길 수 있도록 큰 그림도 그려보는 중이다. 첫 사업은 12·29 무안공항 제주항공 여객기 참사를 겪은 제주항공 직원들 상담으로 잡았다.

"그분들도 동료를 잃은 직원들인 거예요. 참사가 일어났을 때 직원들이 현장으로 내려와 둘이서 한 가족을 발인까지 다 책임지고 민원까지 담당했죠. 이십대 초중반인 청년들이 내 동료도 죽었는데 유가족 이야기를 듣고 염하고 발인하는 걸 다 봤어요. 눈을 감을 수 없다, 관이 눈에 보인다, 장례식 소리가 귀에 계속 들린다고 고통을 호소해요."

방임된 청소년을 만날 때도, 해고된 노동자를 만날 때도, 재난 피해자를 만날 때도 심리 상담사로서 그가 가장 중시하는 원칙은 이것 하나다. 온전히 그 사람을 있는 그대로 봐주기. 즉 어떤 사람인지 판단하지 않기. 세상에서 가장 어려운 일인 아무것도 하지 않기를 한다.

"옆에서 따라가며 산책하듯이 그냥 듣고 판단하지 않고 그렇구나, 지금 당신 상황이 그렇게 되어 있구나. 거기서 멈출 수 있으면 이 사람의 어려움이 좀 더 잘 보여요. 물론 저도 사람이라서 어떤 판단이 올라올 때가 아주 많죠. 그럴 때면 스스로 멈춰야 한다고 계속 말해요. 여기까지, 여기까지."

전태일의료센터 마음상담소장

같이 가자고 말하는 이

　심리 상담사로 일하며 그가 자주 하는 말은 이거다. "그럴 수 있지요, 그랬군요." 반면 절대 하지 않는 말도 있다. "이렇게 하지 그랬어요." 과거를 되돌릴 수 있는 것도 아닌데 내담자에게 책임을 돌리는 말을 하면 2차 가해가 된다. 상담사가 노동에 대한 이해와 존중이 없을 때 저도 모르게 내뱉을 수 있는 위험한 말이다. 노동자의 어려움에 진심으로 공감하고 너무 힘들었겠다고 말하며 편견 없이 받아줄 때 "안전한 상담"이 가능하다.

　타인의 마음을 섬세하게 돌보는 업에 종사하기 위해 자기 마음 건강도 챙긴다. 그는 1년간 명상 수업을 받기도 했다. 계속 아픔을 들으니 어디선가 충분히 배출해내야 하는데 배출하지 못할 때 "무당이 신병이 나는 것처럼" 몸이 아팠다. 직업병이 된 두통을 해결하기 위해 병원 진료와 명상을 병행했다. "잠깐이라도 멈추는 게 나를 살게 한다"라는 걸 체험하고 나서는 짬짬이 명상으로 마음을 정갈하게 비운다. 기분을 좋게 바꿔주는 음식은 수정과다. 어린 시절부터 할머니가 때만 되면 집에서 해주던 음식으로 살얼음 낀 수정과에서 곶감 빼 먹는 재미가 쏠쏠했다. 어릴 적에 엄마가 집에서 밥솥에다 만들어준 카스테라도 잊지 못할 추억의 음식이다. 어느새 팔순이 된 엄마를 두 딸과 같이 뵈러 가서는 삼대가 함께 술빵 만들어 나눠 먹은 게 지난 주말의 일이다. 기쁜 소식도 있다. 내년에 출산 예정인 둘째 딸 덕에 "졸지에 할머니가 된다".

"그들이 편했으면 좋겠다, 왜 누구만 편해,

다 같이 편해야지라고 생각했어요.

그분들이 조금이나마 편해지는 데

내가 기여할 수 있는 게 상담이었고요.

농성장이 됐건 어디가 됐건

사람들 힘든 마음을 덜어줄 수 있다면

그게 내 역할이겠다 싶었죠"

쉼 없이 달려온 40년 세월이다. 가슴 뜨겁던 새내기 대학생은 예순을 바라보는 나이로 속절없이 접어들고 있다. 중간에 꾀도 부리고 체력이 달려 눈감기도 했지만 딱 "내 그릇만큼" 정직하게 싸우는 이들 곁에 머무르며 동지들 마음의 안전기지를 자처했다. 이제는 전태일이란 이름을 업고 뛸 채비를 하고 있다. 과거의 자신에게 등 돌리지 않고 묵묵히 살아내는 일이 어떻게 가능했을까.

"딱히 생각해보진 않았는데 내가 할 수 있는 게 그것뿐이죠. 사회 변혁을 이뤄낼 수는 없고, 하고 싶었지만 못했어요. 속상하다.(눈물) 젊을 때는 잘 몰라서 간절했어요. 그때 내 마음은 '온전히 세상을 바꾸고 싶다'였죠. 전에는 알지 못했는데 내가 살아서 대학 나오고 할 수 있기까지 나를 뒷받침한 사람이 이렇게 많았구나, 그들이 편했으면 좋겠다, 왜 누구만 편해, 다 같이 편해야지라고 생각했어요. 그분들이 조금이나마 편해지는 데 내가 기여할 수 있는 게 상담이었고요. 농성장이 됐건 어디가 됐건 사람들 힘든 마음을 덜어줄 수 있다면 그게 내 역할이겠다 싶었죠. 근데 왜 눈물이 나는지……."

마음상담소는 '이미' 다 같이 편해지는 공간이다. 출입문 정면에는 노란 나비가 붙어 있다. 서이초 교사 사건 후에 녹색병원에서 교사 직무 관련 마음 건강 실태 조사를 실시했는데 60퍼센트 이상이 우울 증상을 겪는다는 결과가 나왔다. 마음상담소에서는 교사들 대상으로 심리 상담을 진행할 예정이다.

"전교조 선생님들이 상담소에 오셨는데 입구에서부터

전태일의료센터 마음상담소장

'여기 우리 상담소래'라며 좋아하셨죠. 그분들이 편하게 오시면 좋겠어요. 또 학교에는 교사만 있는 게 아니잖아요. 특수교육 실무사나 경비 노동자, 급식 노동자같이 학교에 근무하는 다른 분들도 편하게 오셨으면 해요. 전태일의료센터 운영 위원회에서 현장 실습생들 상담도 제안하셨어요. 언제든 오케이죠. 서울시 교육청에 특성화고 담당자 통해서 이야기해보려고요."

그가 입은 병아리색 니트에는 애벌레 모양의 무지개색 브로치가 앙증맞게 달려 있다. '퀴어 앨라이'(성소수자와 연대하는 사람)임을 알리는 표시로 항시 옷이나 가방에 착용한다. "처음에는 성소수자임을 드러내지 않다가 상담 후반기에 그거 때문에 안심이 됐다며 말하는 분들이 계세요." 입구에도 노란 나비 밑에 무지개 리본을 달아놓았다. "말하지 않아도 안심할 수 있도록" 해놓은 환대의 장치다. 이 밖에도 전태일의료센터 마음상담소 홈페이지를 이용해 노동자, 청년, 산재 노동자, 유족 등 마음 돌봄이 필요한 누구나 상담을 신청할 수 있다. 상담 비용은 2025년 중위 소득을 기준으로 차등 적용되는데 취업준비생이나 특성화고 학생 등은 무료다. 직접 오기 힘든 교통 약자를 위해 온라인 상담도 열어두었다.

유금분 소장의 간절함대로 "다 같이 편해야" 하는데 지금 한국에서 가장 편하지 못한 한 사람이 있다. 서울 명동역 앞 교통 시설물에 올라가 300일 넘게 먹고 자고 있는 세종호텔 해고 노동자 고진수. 매주 한 시간씩 줌으로 상담을 하고 있다. 그가 사회 구조의 답답함을 터놓으면 유금분은 열심히 듣고 할 말을 차분히 전한다. 거기 올라가 있는 게 이미 일인 다역을 하는 거다, 밑에서 무엇을 하면 좋을지 요구할 자격이 있다, 혹시 조합원에게 못 하는 말이나 연대자들이나 상급 단체에 전할 말 있으면 해라, 당신이 뭘 더 하려고 하지 마라.

"그리고 오늘 마음은 어떤지 묻죠. 고진수 동지가 효심이 지극해서 어머니 걱정을 많이 해요. 그래서 말해주었죠. 다른 동지들 어머니를 보니까 농성하는 자식들을 자랑스러워하더라, 어머니는 아들이 힘들어서 걱정되지만 한편으로 큰일 한다고 생각하실 거다."

바람이 부나 눈비가 오나 모든 것을 그대로 받아들이며 싸우는 이 시대의 전태일들에게 유금분은 같이 가자고 말하는 이가 된다.

【 부기 】
2026년 1월 14일 세종호텔 해고 노동자 고진수 지부장은 336일간의 고공 농성을 마치고 지상으로 내려왔다.

전태일의료센터 마음상담소장

어제와
다른 사람

글 장일호

(《슬픔의 방문》 저자 · 〈시사IN〉 기자)

르포르타주 작가

(은유)

'먹다'와 '살다'는 붙어 다니는 말이다. 먹어야 살고, 살기 위해 먹는다. 그 과정 전부를 '일'이라고 불러도 무방하다. 2024년 8월부터 르포 작가 은유의 인터뷰 '먹고사는 일'이 〈시사IN〉에 연재됐다. 일하는 사람이 덜 죽고 덜 다치는 세상을 위한 전태일의료센터 건립 캠페인의 일환이었다. 1년 6개월 동안 총 열일곱 명을 만났다. 일하는 사람, 평범한 사람을 주인공 자리에 세웠다. 인터뷰이가 좋아하는 음식을 미리 준비해 같이 만들거나 나눠 먹었다. 김밥, 떡볶이, 컵라면, 막걸리 등 평범하고도 익숙한 음식에서 "삶이 묻어 나왔다". 식사한 그릇을 통해 고단하고도 위대한 타인의 생을 잠시나마 엿보았다. 전체 녹취록 분량은 200자 원고지 2000장이 넘는다. 인터뷰이 한 명당 최소 100장 이상 된다. 은유에게 인터뷰는

르포르타주 작가

"사람을 살게 하는 말을 모으고 나누는 일(《아무튼, 인터뷰》, 제철소, 2025)"이다. 무성한 말의 숲을 보물찾기하듯 즐겁게 헤매며 글로 꿰어냈다.

글을 밥으로 바꿔 먹은 세월이 어느덧 20년을 넘었다. 프리랜서 집필 노동자에게 무엇보다 중요한 것은 제 '몸'이다. "나이 드는 건 할 수 없는 일이 많아지는 일 같아요." 가령 악력이 약해져 병뚜껑을 잘 열지 못한다든가, 오후에 커피를 마시면 잠을 못 자게 된다든가, 눈이 침침해 늦은 밤에 책을 못 본다든가. 물론 밤늦게 커피를 마시고도 쉽게 잠들던 날들이 은유에게도 있었다. 원고 쓴다고 밤을 새워도 하루쯤 쉬고 나면 거뜬했던 때도 있다. 모두 과거의 일이다. "도미노처럼 계속 일상이 무너져" 그런 방식으로는 지속 가능하게 일할 수 없었다. 손가락이 붓고 뻣뻣해져 정형외과에 가면 쓰지 말라는 말이 돌아왔다. 물리 치료를 받아도 구부러지지 않는 손가락 두 개를 직업병으로 얻었다. 여느 노동자가 그러하듯 아픈 몸으로 산다. "의사들 맨날 하는 말이 손을 쓰지 말래요. 안 쓰면 어떻게 일하나요?"(웃음) 동시에 늙어가는 몸에 저항하지 않는 법을 궁리한다. 크고 작게 아프면서 몸도 오래 쓰면 고장 나는 '소모품'임을 알게 됐다.

아침에 일어나면 가장 먼저 커피를 내린다. 지난밤에 정말 마시고 싶었지만 꾹 참았던 그 커피다. 매일 아침 보상처럼 "커피 쿠폰이 주어지는 기분"이다. 커피의 가장 좋은 짝꿍은 빵이다. 좋아하는 빵집에 들러 미리 사둔 빵을 예쁜 접시에 옮겨 담으면 아침 준비 끝. "아침에 빵이랑 커피 먹으려고 눈 떠요. 커피 마셔야지 생각하면서 일어나요." 어디선가 "다정함은 탄수화물에서 나온다"라는 말을 처음 봤을 때 그야말로 '빵' 터졌다. 배가 고프면 짜증이 늘고 삶을 비관하곤 하던 자신이 떠올라서다. 아침밥을 차리는 대신 빵을 먹을 수 있게 된 건 길고도 긴 육아 러닝 타임이 끝나고부터였다. 여섯 살 터울 아이 둘을 성인으로 기르는 데 26년이 필요했다. 매일 오전 6시에 시작되던 하루를 오전 8시에 눈떠서 시작하게 되었을 때 이렇게도 살 수 있다는 사실에 "굉장히 감격했다".

마흔한 살의 데뷔, 그리고 책 열네 권

예전에는 직접 제빵도 했다. 서울 목동에 살면서 전업으로 육아를 하던 때다. 주변에서 이웃 엄마들이 하는 걸 따라 하며 '유행'에 휩쓸리곤 했다. 파운드케이크도 만들고 쿠키도 구웠다.

"아이 키우는 데 최선을 다했어요. 아이가 정말 예뻤고 그만큼 잘 키우고 싶은데 초보 엄마니까 쩔쩔맸죠. 먹이고 재우고 가르치고, 엄마한테 아이의 생존부터 교육까지 너무 많은 것이 걸려 있더라고요."

그때 아이는 "내 앞에 주어진 너무 중요한 과제"였다. 옛날 어른 말대로 자식 입에 밥 들어가는 건 크나큰 기쁨이었다. 일단 먹이는 일에 집중했다. 그렇게 몸에 밴 습관이 지금은 은유를 살린다. 바쁘고 힘들어도 내 밥은 내 손으로 챙겨 먹는

르포르타주 작가

사람이 됐다.

"엄마로, 돌봄 양육자로 산 시간이 길었잖아요. 그건 내 감정이나 기분과 상관없이 가사 노동을 해야 한다는 뜻이거든요. 그게 몸에 익어서 밥하는 게 어렵지 않아요. 타인을 먹이면서 나도 먹는 거죠. 기분이 좋아도 슬퍼도 그냥 밥은 밥이지."

아이 둘을 키우는 동안 엄마도 함께 자랐다. 가사 노동은 고단한 만큼이나 귀한 삶의 기술을 남겼다. 먹고 싶은 음식을 뚝딱 해내는 기술, '나는 나를 먹여 살릴 수 있다'라는 자부심이 부록처럼 따라다녔다. 시장을 한 바퀴 휘 돌다 보면 마음이 바빠진다. 제철인 섬초를 겨울 지나기 전에 먹기 위해서, 번거롭지만 직접 손질하면 더 맛있는 우엉의 흙 맛을 알아서 장바구니가 이내 두둑해진다.

글쓰기는 먹고살기 위해 시작한 일이었다. 살다 보니 거액의 채무를 떠안게 되었고 집을 팔아도 빚을 갚을 수 없었다. 둘째가 세 살 무렵이었다. 상업고등학교를 졸업한 '전공'을 살려 은행에 지원서를 넣었지만 답을 얻지 못했다. 대학을 나오지 않은 삼십대 중반의 기혼 유자녀 여성을 반기는 곳이 없었다. 가부장제 이데올로기에 복무하는 '집 안의 천사'로만 살 수 없게 되면서 '좋은 엄마'에 대한 기준도 재조정해야 했던 시기다.

"무언가를 잃어본 사람은 그것의 진짜 가치를 측정할 수 있게 되거든요."

몰락의 경험은 배움을 남겼다. 이렇게 허망하게 사라질

수 있는 게 돈이라는 사실과 그로 인한 생활고 앞에서 은유는 역설적으로 "돈이 중요하지 않다"라는 걸 깨달았다. 고등학교 졸업 후 일했던 증권 회사에서 알게 된 노동조합 선배의 주선으로 2005년 프리랜서 사보 기자로 일해 처음 번 원고료는 20만 원. 최소한의 생계비만 벌더라도 글을 계속 쓰고 싶다는 욕구가 자신에게 있음을 알게 됐다. 필명을 만들어 이름을 돌려 쓰면서 일을 받았다. 생계와 돌봄을 병행하며 삶을 대하는 맷집을 키웠다. 사보 일에는 나름의 미덕이 있었다. 업종별로 다양한 분야와 사람을 만나면서 세상을 보는 안목을 넓혔다. 정해진 분량과 형식으로 대중의 눈높이에 맞춰 요점을 파악해 전달하는 노하우와 순발력을 익혔다. 은유는 그 경험을 글쓰기를 '훈련'했던 귀중한 시간으로 추억한다. 그렇게 다른 글쓰기의 가능성을 탐색해볼 수 있었다.

첫 책 《올드걸의 시집》(서해문집, 2012)이 나왔을 때가 마흔한 살이었다. 마흔 살에 《나목》으로 데뷔한 박완서가 소설을 썼다면 은유는 사십대 내내 르포르타주를 썼다. 단독 저서로만 어느덧 책 열네 권을 낸 작가가 됐다. 간첩 조작 사건 피해자를 다룬 《폭력과 존엄 사이》(오월의봄, 2016), 출판업을 둘러싼 다양한 직업을 인터뷰한 《출판하는 마음》(제철소, 2018), 현장 실습생 김동준의 죽음을 추적한 《알지 못하는 아이의 죽음》(돌베개, 2019), 미등록 이주 아동을 다룬 《있지만 없는 아이들》(창비, 2021), 세상에 길들여지지 않고 살아가는 사람들의 인터뷰를 모은 《크게 그린 사람》(한겨레출판, 2022), 한국 문학 번역가의 일하는 마음을 살펴본《우리는 순수한 것을 생각했다》(읻다, 2023)까지 여섯 권이 인터뷰를 기반으로 쓰였다. 2025년 출간한《아무튼, 인터뷰》는 20년 인터뷰 노하우를 집약했다. 책이 쌓일수록 은유는 그간 만난 사람과 써온 글을 배신하지 않는 게 너무 중요해졌다.

"제가《알지 못하는 아이의 죽음》을 쓴 작가이고,《있지만 없는 아이들》을 쓴 작가인 거예요. 내 책에, 내게 삶의 이야기를 들려준 인터뷰이들에게 부끄럽지 않은 사람이 돼야 할 책임이 저한테 있더라고요. 뱉어놓은 말과 글이 다 내 업보죠."(웃음)

은유의 작업물을 설명하는 또 다른 큰 주제는 글쓰기다.《글쓰기의 최전선》(메멘토, 2015),《쓰기의 말들》(유유, 2016),《은유의 글쓰기 상담소》(김영사, 2023)는 글쓰기 수업을 하며 익힌 것을 나누기 위해 쓴 책들이다. 덕분에 글쓰기와 관련된 강연이 은유의 생계를 힘껏 부축한다. 어느 날은 강원도 산골에서, 어느 날은 남해 바닷가에서 독자를 만난다. 낯선 이들과 함께 글을 쓰며 삶을 섞는다. 전국에서 독자를 만나는 일은 생계에도 도움이 되지만 무엇보다 "르포 작가의 정체성을 가지고 내가 모르는 삶의 자리에 가보는 일"이기도 하다. 사람을 만나는 일은 독서와 비슷한 희열이 있다. 내가 모르는 세상이 여전히 많다는 사실이 즐겁다. 편견이 깨진 자리마다 호기심과 연민이 자랐다. SNS를 폐쇄할까 마음먹다가도 그 창을 통해 연결되는 세상을 포기하기 어렵다. 그래서 몸이 가지 못할 때는 손가락이라도 움직인다. '홍보 요정' 은유의 SNS는 시민 사회에서 벌어지는 크고 작은 일의 게시판 역할도 겸한다.

그동안 은유에게 가장 어려운 일은 '안 하는 것'이었다. 무언가를 하지 않는 시간을 절박하게 필요로 하면서도 한편으로는 도태될까 두려웠다. 전업 작가로 살 수 있는 드문 행운을 누리면서 불안을 다스리는 법도 배웠다. 오지 않은 앞날을 걱정하지 않고 눈앞의 원고 한 편에 집중하기. 오늘을 잘 보내면 내일도 어떻게든 살아졌다. 원래도 태생이 그리 걱정이 많은 편이 아니긴 하다. 그러나 자신의 이름을 단 책이 많아지는 것은 자랑스럽기보다 조심스러워지는 일이었다.

"사람들은 작가를 '쓰는 사람'이라고 생각하지만 안 쓰는 날이 더 많아요. 가장 많이 할애하는 시간은 읽는 시간이에요. 그리고 시간이 허락하는 한 이른바 '현장'에 가요. 뭘 쓰려는 목적으로 가지 않고 시민으로 가요. 글쓰기 수업도 다양한 삶이 모이는 현장이고요. 인풋이 없는데 아웃풋이 계속되는 건 제 무덤 파기죠. 한 말 또 하지 않으려면 부지런히 움직여야 해요. 삶이 먼저고 쓰기는 그다음이다. 세상과 부딪쳐야 느끼고 배우는 게 있고 쓸 것도 있다. '산다'가 앞에 있어야 해요."

일정을 정할 때 갑작스러운 장례식 참석처럼 '사람 노릇' 할 빈 공간을 확보하려고 한다. 업무량과 컨디션을 살펴 '일을 해치우듯 하지 않을 수 있는가'를 무엇보다 신중하게 따져본다. 해치우듯이 하는 일은 즐겁지가 않고 결과물의 만족도

르포르타주 작가

도 낮아진다. 상사이면서 부하인 프리랜서는 일에 대한 자기 기준을 높여두는 게 중요하다. 두 번째 기준은 '배움'이다. 다소 힘들어 보여도 배움이 있는 자리라고 생각되면 기꺼이 택한다. 2013년 성폭력 피해자를 위한 글쓰기 수업도 그렇게 시작했다. 세상에 만연한 고통에 대해 피하지 말고 공부해보기로 마음먹었고, 10년 넘게 매년 진행하고 있다. 글쓰기 수업은 몰라도 글쓰기를 평생의 '업'으로 여기지도 않는다.

"글쓰기가 제 삶에 중요하기 때문에 함부로 쓰고 싶지 않아요. 사람들의 품이 넓어지는 글, 세상이 나아지는 데 기여하는 글인가가 기준이에요. 제 책을 읽고 사회 문제에 관심을 갖게 됐다는 평이 많은 편이에요. 빠른 위로를 주기보다 느린 성장이 일어나는 글, 독자와 제가 같이 성숙해지는 글을 쓰고 싶어요."

제 존재를 작가의 자리에 묶어두기보다는 유연하게 흐르며 살고 싶다.

인터뷰는 끝이 없다

글쓰기는 자기 삶에 중요한 일이지만 타인의 삶에 앞서는 일은 아니다. 은유는 작가야말로 땅에 발을 제대로 딛고 서 있어야 하는 직업이라고 생각한다.

"얼어죽을 창작의 고통. 그놈의 '글 감옥'.(웃음) 작가라는 직업이 사회적으로 너무 고평가돼 있는 것 같아요. 어떤 노동이라고 힘들고 진이 안 빠지겠어요. 그런데 보통의 평범한 노동자는 자기 일을 언어화하지 않죠. 미화하거나 지나치게 의미화하지 않는다는 거예요."

은유에게는 모든 노동이 어느 정도 힘들고 어느 정도 귀하다. 특히 저평가된 노동의 세계를 더 많이, 더 부지런히 세상에 옮기려고 한다. 글쓰기라는 수단을 갖고 있지 않은 노동자들을 인터뷰를 통해 드러내고자 했다. "인터뷰를 마치고 집에 올 때면 과격한 움직임을 자제하고 살살 걸었는데, 몸에 차곡차곡 담아 온 이야기가 헝클어질까 봐 그랬다(《아무튼, 인터뷰》)." 그런 마음가짐으로 1년 6개월간 〈시사IN〉 지면에 '먹고사는 일' 연재를 이어왔다.

"동료 프리랜서 작가가 '뭐 하다 안 되면 급식실 가지' 이러더라고요. 근데 급식 노동자도 만났잖아요. 쉬워 보이는 일은 있어도 쉬운 직업은 없다, 타인의 노동을 함부로 말하거나 얕잡아 보지 마라⋯⋯. 노동으로 단련된 삶의 달인적 면모가 있어서 배울 점이 많고요. 일을 쉬어본 적이 없다고 말하는 분들도 여럿이었죠. 육체노동을 하면 쉽게 모멸감에 노출되는데 존중받아야 할 분들이다. 그런 이야기를 세상에 전달하고 싶었어요."

지난 연말 은유는 접이식 미용 침대 위에 누워 있었다. 쉰네 살이 되도록 아직 해보지 못한 경험을 한다는 사실에 조금 들떠 있었다. 타투이스트 황도를 인터뷰한 뒤 타투를 결심했다. 원고 마감 후 '첫 타투'를 무엇으로 새길지 고심했다. 비포 선셋(before sunset). 프리랜서 작가로 처음 일할 때 이메일

르포르타주 작가

과 블로그 주소로 썼던 문구다. 글쓰기의 출발과 첫 마음을 기억하기에 맞춤했다. 동명의 영화도 정말 좋아한다.

"영화 〈비포 선셋〉 너무 좋지 않아요? 〈비포 선라이즈〉 주인공들이 그대로 10년 후에 만나서 영화를 찍은 인연도 아름답고요. 내내 세상에 대해, 삶에 대해, 관계에 대해 말하고 걷고 노래하는 주인공들의 '말길'이 끊이지 않아요. 사람, 대화, 음악……. 삶에서 필요한 게 꼭 맞게 있는 영화예요."

타투를 하기 전 타투이스트에게 이렇게 문자를 보냈다.

선셋은 좋아하는 풍경. 해 질 녘의 쓸쓸함은 영원한 문학적 공간이다. 자기 안의 이야기를 피 토하듯 쏟아내는 붉음을 보노라면 어김없이 슬퍼진다. 어이없이 사라지는 해처럼 나도 삶에서 죽음으로 순식간에 넘어갈 것이다. 세상으로부터 받은 걸 도로 다 내놓을 수 있기를 소망한다. 비포는 삶의 유한성에 관한 상기다.

걱정과 달리 타투는 하나도 아프지 않았다. 두 시간 정도 걸려 완성된 레터링 타투를 보고 새로운 용기를 냈다. 다음에는 반려 고양이 '무지'의 얼굴을 새겨 넣고 싶다.

인터뷰는 이렇게 평소라면 하지 않았을 일 앞에 은유를 자주 데려다 놓았다. 타투이스트 황도를 만나 타투를 하고, 유튜버 김가인과 가수 안예은을 만나고 나서는 인터뷰이들에게 밥을 사는 마음으로 《아무튼, 인터뷰》의 인세 절반을 기부했다.

"제가 한국에서 작가가 되는 일반적인 경로를 밟은 게 아니잖아요. 등단을 한 것도 논문을 낸 것도 아닌데 이렇게 글을 써서 먹고살 수 있었던 건 누군가가 제게 이야기해줬기 때문이고, 그걸로 글도 쓰고 책을 냈을 때 또 누군가 읽어줬기 때문이죠. 제가 버는 돈이나 받는 사랑이 온전히 제 것이 아니라고 생각해요. 그걸 세상에 어떻게 흘려보낼지 항상 생각해요."

사람을 만났기 때문에, 사람을 알게 되어 은유는 어제와 다른 사람이 된다. 그래서 "인터뷰는 끝이 없다". '먹고사는 일'을 연재하는 동안에도 작지만 중요한 변화가 있었다. 은유는 일상에서 만나는 노동자들을 지나치지 못하고 돌아보는 사람이 됐다. 청소 노동자가, 식당 노동자가, 배달 라이더가, 버스 기사가 내가 인터뷰한 사람을 통해 '아는 사람'이 됐기 때문이다. 그 얼굴들에서 은유는 우리 시대의 전태일을 몇 번이고 다시 만났다.

"모르는 사람에게 인사를 한다는 게 좀 쑥스러웠어요. 그래서 예전에는 속으로만 인사했거든요? 그런데 인터뷰하고 나니까 일상에서 만나는 노동자들이 친근해요. 저들도 이런저런 고민이 있겠지. 집에서는 어떻겠지. 구체적인 사람으로 느껴지는 거죠. 우리의 일상을 떠받치는 일을 하는 분들을 투명 인간 취급하지 말고 감사한 마음을 표현하자는 생각이 들어서 제가 요즘 인사 잘하는 어른이 됐어요. 안녕하세요! 고맙습니다!"(웃음)

르포르타주 작가

생 업

초판 1쇄 인쇄 2026년 4월 25일
초판 1쇄 발행 2026년 5월 1일

지은이 은유
펴낸이 유강문
문학팀 최해경 박선우 박지호
마케팅 김한성 조재성 박신영 김애린 오민정 우지윤

펴낸곳 (주)한겨레엔 www.hanibook.co.kr
등록 2006년 1월 4일 제313-2006-00003호
주소 서울시 마포구 창전로 70(신수동) 화수목빌딩 5층
전화 02) 6383-1602~1603 팩스 02) 6383-1610
메일 munhak@hanien.co.kr
ISBN 979-11-7213-412-9 (03810)